KB048149

어린이라는 사회

어른들은 절대 모르는
그들만의 리그

이세이 지음

어린이라는 사회

포레스트북스

아이를 진짜
사랑한다는 것은

퇴근하자마자 새로 생긴 고깃집으로 향했다. 앞치마를 두르기가 무섭게 옆 학교에서 근무하는 친구가 입을 열었다.

"아까 애들 집에 보내고 한 시간도 안 돼서 전화가 온 거 있지? 하교할 때 본인이 아들 책가방을 대신 메줬는데 너무 무겁더라면서."

친구는 지친 목소리로 말했다.

"진짜? 그래서 뭐라고 했어?"

나는 눈을 반짝이며 물었다.

"'어머님, 책가방 어깨 한쪽에만 걸치셨죠? 그래서 무거우신 거예요. 양쪽 어깨에 제대로 메시면 안 무거워요, 호호' 그랬지 뭐. 전에도 그런 연락 받은 적이 있어서 내가 한번 메봤었거든. 진짜 무거운가 싶어서."

"뭐? 푸핫, 맞는 말이긴 하네. 부모님들 가방 한쪽에 메시잖아."

나는 아이들의 가방을 대신 메고 다니는 부모님들의 모습을 떠올리며 말했다.

"그러니까 말이야. 솔직히 교실에서 책가방 무겁다고 하는 아이들은 없잖아? 우리가 말려도 무거운 것 척척 들고, 심부름도 먼저 다녀오겠다고 하고. 그래도 다행히 바로 납득하셔서 별 문제 없이 끝났어."

나는 아주 가볍게 '민원1'을 처리한 친구의 센스에 경탄할 수밖에 없었다. 일전에 비슷한 민원을 받고서 나는 잔뜩 약오른 복어처럼 파닥거렸기 때문이다.

이 짧은 일화에서 알 수 있는 것은 무엇일까?(갑자기 퀴즈를 내는 건 불치의 직업병이다)

1. 아이들은 키가 선생님보다 커져도 부모님 눈에는 애다.

2. 그래서 일부 부모님들은 아이의 책가방이 무거운 걸 용납하지 못하신다.

3. 근데 그걸 학교에 항의한다.

4. 나의 민원 응대 능력은 형편없다.

네 가지를 다 맞혔으면 크게 기뻐하면 된다. 100점이다.

아이들은 학교에선 바구니를 몇 개씩이나 쌓아 들고 다니다가도 부모님만 만나면 책가방을 슥 떠민다. 완전한 사랑 앞에서 마음 놓고 어리광을 부리는 거다. 내가 본가에 갈 때마다 아무것도 못하는 바보가 되는 것과 같은 이치이며 애틋한 내리사랑의 증거이다. 그러나 비록 집에선 탈수 안 한 후드티처럼 늘어져 있을지라도 난 출근을 하면 1인분의 몫을 해낸다. 아이들도 그렇다. 집에선 왕자님과 공주님일지 몰라도 학교에 오면 한 명의 구성원으로 역할을 전환하여 다들, 나름대로 잘 지낸다.

아이가 참 귀한 세상이다. 모두가 아이를 잘 키우고

자 노력한다. 그런데 어린이를 향한 세상의 사랑이 커질수록, 도리어 그들의 세상은 자꾸 비좁아진다. 아이들은 잘못을 할 기회도, 용서를 빌 기회도, 눈물을 뚝뚝 흘리며 친구와 싸우거나 지각을 하지 않기 위해 뛰어다닐 기회마저도 잃어가고 있다. 그 모든 걸 대신 해결해 줄 어른들이 있기 때문이다.

나는 그게 참 안타깝다. 아이들은 생각보다, 자기들끼리 잘 지낸다. 물론 서툴다. 때론 너무 답답해서 그냥 대신 해주고 싶다. 미숙한 아이들끼리 만나니 틈만 나면 울고불고 싸우고 혼난다. 그러나 아이들은 그렇게 몸부림을 치면서 자신의 세상을 팽창시킨다. 세상 사람들이 나와 다르다는 걸 깨닫고, 그들과 맞물려 살아가는 법을 천천히 배우면서 말이다. 심지어 아이들은 어른보다 훨씬 잘 배운다. 얼마나 기특한지 모른다.

나는 지난 10여 년간 초등학생들과 투닥이며 그들의 서툴지만 기특한 성장을 함께해 왔고 그 기록을 이 책에 담았다. 아이들이 자기들 나름대로 얼마나 치열하게 크고 있는지, 가정과는 다른 환경에서 어떤 일들을 겪으며 어떤 상처와 훈장을 삶에 새기는지 썼다. 그리고 어린이라는 사회에 불쑥불쑥 투척되는 '필요 이상의 사랑'이 그들의 성장을 어떤 식으로 방해하는지까지 말이다.

아이들을 가르치고 또 글을 쓰는 동안 어떤 교사가 되고 싶은지에 대해 늘 생각했다. 그리고 몇천 가닥의 머리카락을 쥐어뜯으며 고민한 끝에 비로소 어린이를 사랑하겠다는 굴침스러운 노력을 내려놓았다. 어떤 이에겐 충격적일지 모르나, 나는 아이들을 사랑하지 않는다. 그들이 할 수 있다고 믿을 뿐이다. 나는 교사의 존재 의의가 이 지점에 있다고 생각한다. 아이가 가정의 품으로부터 어쩌면 냉정할지도 모를 사회로 나아가는 그 길목에 서 있는 것 말이다. 아이가 앞으로 맞닥뜨릴 사회는 그의 모든 것을 수용해 주지 않을 것이기에 나는 그걸 알려주고 부족한 부분을 연습하도록 도울 것이다.

해가 갈수록 교육에 대한 희망을 잃고 있지만, 나는 커나가는 아이들을 보며 여전히 이 일이 가치 있다고 믿는다. 학교는 사랑이 가득한 가정과 아이들이 훗날 살아갈 사회 사이의 완충 지대이자 세상을 대하는 법을 연습할 수 있는 최적의 공간이다. 따라서 어른들이 줄 수 있는 사랑은 아이들이 그 속에서 넘어지지 않게 업고 다니는 것이 아니라 마음껏 넘어질 자유를 보장하는 것이며, 일어서는 방법을 알려주고 한 발짝 멀리서 응원하는 것이다. 그리고 그건 아이가 해낼 수 있다는 걸 진심으로 믿을 때 가능하다.

그러므로 나는 아이들에게 무제한의 사랑을 주는 대신, 그들의 서툰 시도와 실패와 성공을 응원한다. 내리사랑의 콩깍지를 벗은 진짜 세상의 눈으로, 그러나 명백히 세상보다는 따뜻한 시선으로 말이다. 딱 이 정도의 온기 속에서 아이들은 오늘도 완전하지 않아 완벽한 그들의 세상을 분투하며 살아간다.

데굴데굴 구르면서, 서로의 상처를 호호 불면서.

차례

2장 * 어린이도 한 몫의 인생입니다

3장 * 1인칭 선생님 시점

4장 * 그렇게 왁자지껄 우리는 어른이 된다

1장

어른 출입
금지 구역

어쨌든
창조경제

내가 초등학교 4학년이던 해, 스승의 날이었다.

엄마는 등굣길에 내게 작은 주전자를 들려 보내셨다. 예쁘게 포장된 선물을 가지고 가는 발걸음은 괜히 설렜다. 그때만 해도 스승의 날이면 으레 크고 작은 선물을 건네던 때였기에, 아침부터 선생님 교탁은 선물로 가득했다. 그 와중에 나는 내 주전자가 어디에 있는지만 주시했는데 선생님께서는 무슨 이유에서인지 꽤 오랫동안 내 선물을 가져가지 않으셨다. 다른 친구들의 선물이 하나둘 사라지는 동안 내 주전자는 그대로 선생님 교탁 위에 남았다. 결국엔 주전자도 가져가셨겠지만, 나는 아직도 우리 엄마가 정성껏 준비해 주신 선물이 며칠간 방치되어 있던 기억이 또렷하다.

그건 분명 상처에 가깝다.

그 덕에 나는 열 살 남짓의 아이들에겐 별게 다 인생의 시련임을 알게 되어서, 아이들에게 선물을 받으면 그해 동안만큼은 자리 주변에 보관한다. 졸업식을 코앞에 둔 날에 생뚱맞게 "선생님, 제가 전에 만들어드린 빨대 발레리나 갖고 계세요?" 하며 1학기 때 건넨 선물의 행방을 묻는 시현이 같은 아이가 있기 때문이다. 언제가 될지 모를 그 순간에 "그럼!" 하고 짠 하며 보관해 두었던 선물을 내밀 때, 아이들의 눈이 동그랗게 커졌다가 눈꼬리부터 감기는 순간을 나는 좋아한다.

며칠 전이었다. 친구들이 모두 하교한 후에도 집에 가지 않고 교탁 옆에서 해찰을 부리던 연호가 고개를 휙 돌리더니 "선생님, 제가 드린 선물 갖고 계세요?" 하고 물었다.

연호가 말하는 '선물'이란 납작한 색색의 고무찰흙 다섯 장 정도를 알록달록 겹쳐 동그랗게 돌돌 만 거였다. 어느 날 연호는 과학 수업이 끝나고 교실에 오자마자 "선물이에요" 하고 그걸 내밀었고, 나는 "와, 진짜?" 하고 잽싸게 머리를 굴렸었다. 이건 일명 김영란법(부정청탁 및 금품 등 수수의 금지에 관한 법률)이 생긴 이후 후천적으로 습득하게 된 능력인데, 이 선물을 받아도 되는지 빠르게 판단하는 거다.

무엇이든 몇 푼의 돈으로 환산할 수 있는 어른의 세계에서라면 고민조차 필요치 않겠지만 어린아이들이 내미는 마음은 돈으로 환산할 수 없는 경우가 많다. 이건 그만큼 가치 있다는 수사적 표현이 아니라, 말 그대로 '돈으로 환산 불가'하다는 의미다. 이 말의 정확한 뜻은 쓰다 남은 색지에 휘갈긴 편지나 영어 선생님께 받고선 갑자기 나에게 내미는 초콜릿, 직접 그린 알 수 없는 그림이나 접은 건지 구긴 건지 모를 종이접기 작품 따위를 선물로 받아본 선생님들이라면 모두 이해할 것이다. 그런데 이런 선물을 거절하는 순간 아이들은 입꼬리며 눈썹 끝에 대롱대롱 무게추를 매달고 절망의 늪에 빠지기 때문에 '몽땅 거절하기'는 결코 좋은 전략이 아니다. 따라서 교사에게 이 판단력은 몹시 중요하다.

내 기준은 이렇다. 일단 당연히 재산적 가치는 없어야 한다. 그리고 내가 이 선물을 받은 사실이 인터넷 포털 사이트에 기사로 났을 때 어떤 댓글이 달릴지 MBTI 'N'이 되어 빠르게 상상해 보는 거다. 대중들은 그들이 고등학생 때 아주 싫어했던 선생님에 대한 기억을 갖고 호박벌보다도 무해한 나를 공격할지도 모른다. 그런 그들조차 악플을 달지 않을 거라는 확신이 든다면 그 선물은 받아도 된다. 열 살 언저리의 아이들이 그 작은 손으로 건네주는 걸 거절하는 일은 언제나 고역이기 때문에, 나는 아이들의 선물이 차라리 꼬질꼬질하길 바란다. 그게 나 같은 보통의 선생과 아이들이 세상으로부터 상처받지 않을 유일한 길이니까.

돌돌 말린 다섯 겹의 색깔 고무찰흙은 어떨까? 일단 색깔은 아주 알록달록하고 예쁜 것이 그럴 듯하다. 저걸한 겹씩 분리하면 우리 집 살림에 어떻게든 보탤 수도 있을까? 나는 몇 겹의 고무찰흙을 두고 '생업의 상실 가능성'과 '아이의 축 처진 눈썹 견뎌내기'를 3초쯤 저울질하다가 "고마워!" 하고 그 찰흙을 받았다. 사실 정말 아무런 효용이 없었기에 이게 진짜 선물인가 하는 생각도 좀 들긴 했는데, 나는 연호가 "선물이에요!" 하고 말할 때 꿈결같이 들뜬 목소리를 근거로 하여 이게 장난이 아니라는 판단을 내렸고 그걸 실물화상기 카메라 위에 소중히 얹어놓았다.

그런데 연호는 그 사실을 몰랐는지, 그로부터 보름이 지난 어느 날에 집에도 가지 않고 내 옆을 서성이다 그 질문을 던진 거다. 심지어 그 목소리엔 내가 이미 찰흙을 갖다 버렸을 거라는 얼마간의 확신과 그에 따른 서운함이 잔뜩 묻어 있었다.

나는 "당연히 갖고 있지!" 하며 실물화상기를 가리켰고, 연호는 카메라 위에 무지개 떡케이크처럼 얹혀 있는 고무찰흙을 보고선 "와!" 탄성을 지르며 박수를 짝 쳤다. 그러고선 "다행이다! 사실 어제 선생님이 제 선물 버리는 꿈 꿨거든요"라는 거다. 찰흙 몇 조각의 행방이 꿈자리까지 괴롭히다니, 어린이들은 그 별것도 아닌 선물에 마음 한 뭉텅이까지 뚝 떼어 주는 게 분명하다. 그 마음이 가상해서 이게 선물인가 장난인가 잠시 고민했던 게 난 좀 미안해졌다.

그날 이후로 연호는 수학 익힘책 검사를 받으러 교탁에 나올 때마다 해사하게 웃으며 자기가 줬던 고무찰흙을 주물렀다 뜯었다 난리를 부리고 있고, 나는 찰흙 다섯 겹보다 알록달록한 연호의 마음을 얻는 동시에 지켜주었으니 이거야말로 창조경제에 해피 엔딩인데….

가만 생각하면 난데없이 비어버린 찰흙통을 마주했을 과학선생님에겐 아무래도 날벼락일 일이다.

열두 살의
연애

"선생님, 저 아직 모솔이에요."

아이들은 가끔 이런 말로 내 말문을 막아버린다.

받아칠 말이 없는 건 아니다.

머리를 두 바퀴쯤 굴려 생각해 낸 대답으로는 "…모태에서 나온 지 얼마나 됐다고 그런 말을 하는 거야?" 정도가 있다.

그러나 나는 잘 배운 어른답게 곧잘 큰따옴표를 짭짭 곱씹어 하나로 뭉친다. 생각나는 대로 다 내뱉다간 "나가댜"와 "딸기!", "이불 쥬데요"를 남발하는 조카와 별 다를 게 없어지니까.

그렇게 두어 번 말을 꿀꺽 삼키고 나면 머릿속은 뺵

빡한데 할 수 있는 말은 별로 없다. 게다가 나는 내 연애만으로도 벅차서 열두 살 아이들의 연애사에까지 참견할 여력이 없다. 그러나 아이들은 내 속사정을 알 리 없으니 부지런히 내게 와서 본인들의 사랑을 보고한다. 내가 얼마나 놀려먹을지도 모르고. 어리석은 녀석들.

이제 아이들의 발칙한 사랑 이야기에 잔소리부터 떠오르는 어른이 됐지만, 오만을 거두고 겸손하게 말해보자면 나도 그즈음 사랑 비슷한 걸 했다. 당시 나는 우리 반 조폭마누라로서 위용을 떨치느라 남자애들 등짝을 후려치고 다녔는데 그중 두세 명 정도는 애정을 담아 때린 거다. 왜 두세 명씩이나 되냐고 묻는다면 사랑은 원래 비이성적인 거라고 말해두고 싶다. 선호는 헤어 스타일이 멋졌고 희원이는 귀여웠으며 주환이는 키가 크고 듬직해서 다 좋은 걸 뭐 어쩌겠나.

그러나 난 남세스러워서 친구들에게 그 마음을 말한 적이 없다. 하물며 선생님한테야. 하지만 어떤 아이들은 사랑을 시작하자마자 그걸 알리지 못해 안달이 난다. 그들의 입장도 이해는 된다. 무려 사랑을 시작했는데 그걸 어떻게 숨기겠는가. 그러나 매초마다 평화를 기원하는 담임 입장에서는 사랑 또한 교실의 무탈을 위협하는 변수일 뿐이다.

예컨대 주희는 화장실을 핑계로 다른 반 남자친구와 데이트를 즐기느라 자꾸 교과 시간의 절반을 땡땡이쳤고 영준이는 "선생님, 제 여자친구는 어른이에요. 우리 엄마한텐 비밀이에요"라는 폭탄 발언을 했다. 영준이는 사뭇 진지하게, 본인은 그 누나랑 결혼을 할 거라고 했기 때문에 갑자기 혼주가 될지도 모를 영준이의 부모님을 위해 나는 그 비밀만큼은 누설할 수밖에 없었다. 이 모든 건 교사로서 다양한 경험치를 쌓을 수 있는 소중한 시간들이자 샴푸 매대에서 굳이 탈모 방지 맥주 효모 샴푸를 골라 사게 된 계기들이라고 할 수 있다. 그리고 이 모든 사랑의 폭죽들을 엉뚱한 데에서 터뜨리는 일등 공신은 대부분 진실게임이다.

"흑흑, 전 분명 희수랑 나연이한테만 말했거든요. 흑흑, 근데 반에 소문이 다 퍼졌어요."

"비밀로 하고 싶었으면 아무한테도 말을 안 해야지…. 어쩌다 말한 거야?"

"진실 게임에서… 흑흑, 걔네가 절대 말 안 하겠다고

했는데…."

　내밀한 마음을 들킨 아이들은 방울토마토색 얼굴을
하고 울먹거린다. 친구의 비밀을 멋대로 떠벌린 희수와
나연이를 불러 물으니 그들도 나름대로 억울하단다. 본
인들도 딱 한 명씩한테만 얘기했단 거다. 진실게임은 그
저 조금 늦게 상영되는 속마음 전광판이나 다름없다는
걸 아이들은 아직 모른다. 여러모로 낭만적인 나이다.

　비밀 연애를 시도하는 아이들도 있다. 그러나 그 애
들은 담임이 두 눈을 시퍼렇게 뜨고 있다는 걸 자주 망
각한다. 입만 다문다고 비밀이 되는 건 아니다. 사내 비
밀 연애를 회사 복사기까지 알고 있는 데에는 다 그럴
만한 이유가 있다.

　보민이와 찬우는 쉬는 시간이면 서로의 오른손을 부
여잡고 하나도 치열하지 않은 팔씨름을 해댔다. 아무것
도 모르는 유성이가 그 곁을 지나며 "어? 너네 힘 주고
있는 거 맞아?" 하고 눈치 없는 질문을 하면 그 애들은
괜스레 서로의 오른손을 더 꾹 잡으며 "으응" 하고 거짓
부렁을 남발했다. 그러다 손을 잡은 시간이 3분이 넘어

갈 즈음, 찬우가 스윽 손등을 내리며 보민이에게 져주는
거다.

"얼씨구?"

난 교탁에서 그 로맨틱한 패배를 직관하며 외로이 혈
당스파이크를 겪어내야 했다. 그네들도 커플이라고, 당
시 연애를 하고 있지 않던 나는 괜히 혼자 부아가 북북
치밀었다.

그래도 그 애들은 선을 넘지 않고 알콩달콩 서로를
배려하며 소꿉사랑을 했으니 나도 가끔 전체를 대상으
로 성교육이나 할 뿐, 그 애들의 사생활을 내버려뒀다.
그러나 보민이 책상에 거대한 선물 상자가 놓인 걸 봤을
땐 참을 수 없었다.

"보민아, 이게 뭐야?"

"아, 제 생일이라 송지가 줬어요."

보민이는 냅다 단짝인 송지를 팔았다. 나는 씨익 웃
으며 "찬우 아니고?"라고 결국 아는 체를 해버렸고, 보
민이는 "헤엑, 선생님 다 알고 계셨어요?" 하고 놀라며
어쩔 수 없단 듯 첫사랑이 시작됐음을 인정해 버렸다.
너희들의 팔씨름은 정말, 사랑을 알아달라는 절규나 다

름없었다는 말은 참아두었다.

보민이의 단짝인 송지도 예외가 아니었다. 송지는 앞다투어 '모솔'을 탈출하는 친구들을 보며 이성에 눈을 번쩍, 진짜 번쩍! 떠버렸다. 그 애의 사랑은 그 플롯을 따라가기도 힘들 만큼 복잡했다. 아래의 내용은 부디 이해하려는 노력을 하지 말고 읽기 바란다.

그러니까 송지의 말에 따르면 자기는 일준이를 짝사랑하기 시작했는데 이준이가 송지에게 "삼준이가 너 좋아한대"라고 했단다. 그런데 하필 일준이랑 삼준이는 단짝이었고 삼준이는 송지의 행복을 위해 일준이에게 송지를 양보했단다. 그런데 사실 송지는 원래 사준이를 짝사랑했었고 단짝인 민지가 사준이를 좋아해서 사준이를 포기하고 일준이를 좋아하기 시작한 것뿐이었으며 그래도 일준이가 좋아서 거절을 당한 이후에 또 고백을 했는데…. 놀랍게도 여기까지가 도입이다. 그 이후는 더 복잡다단하다. 송지는 내가 이 스토리를 이해할 때까지 날 들들 볶았다.

송지가 일준이를 사랑한 이유는, 그 애의 손가락이 길어서였다. 손 크기를 재다가 심장이 멎는 줄 알았단다. 그런 고전적 기술이 아직도 통하는 걸 보면 역시 클래식엔 이유가 있다. 송지는 어느 날엔 자기가 1학년 때부터 지금까지 짝사랑해 온 아이들을 미주알고주알 내게 설명해 주었는데, 5학년 때만 무려 일곱 명의 이름을 나열했다. 사랑 많은 송지는 그러다 종국엔 보민이와 헤어진 찬우마저 사랑해 버렸다.

난 그 애가 진지하게 털어놓는 사랑 얘기를 열심히 듣고 나름 충실하게 상담을 해줬는데 어느 날엔 인물 관계도가 대하소설 『토지』의 그것에 육박해 버리자 "너 짝사랑하는 상대가 너무 많은 거 아냐?" 하며 고개를 내저었다. 그러자 송지는 씁쓸한 표정으로 말했다.

"선생님, 금사빠는 자주 사랑에 빠지지만 그만큼의 슬픔도 존재해요."

아, 사랑이 뭐길래 열두 살 귀염둥이 송지를 이렇게나 아프게 한단 말인가.

그러나 난 송지의 그 절절한 명언을 듣고서 일곱 명을 좋아하다 실연하면 상실의 아픔이 일곱 배가 되는지 각각 7분의 1이니 결국 총합이 1일지 따위나 궁금했다.

나는 T인가 보다.

특이한 인간 광물
표본 200개

　독일의 철학자인 쇼펜하우어가 말하길, 어이없는 일을 당했을 때에는 특이한 인간 광물 표본을 하나 발견했다고 생각하면 화가 날 일이 없단다. 그저 인간 성격에 대한 지식이 하나 늘어난 거라나.

　쇼펜하우어가 임용고사에 합격했다면 그는 아마 발령 이틀 차 3교시쯤에 기뻐 까무러치고 말았을 거다. 학교는 이 나라에 존재하는 모든 광물 표본을 강제로 수집해 놓은 거대한 광물더미이고, 교사는 거기에 반쯤 매장당해 있는 행운의 광물학자니까.

　그렇다. 난 출근만 하면 숨통이 막힌다는 뜻이다.

세상에는 대단하거나 어이없는 인간들이 넘쳐나지만 학교에는 그들의 원석들이 모인다는 점에서 좀 더 가치가 있다. 그건 멀리서 보면 희극이라, 이름 모를 대표 교생의 공개수업 중 벌떡 일어나 태극 1장을 시전한 어린이는 귀여운 별똥별이되 학교 주차장을 빙글빙글 돌며 오줌을 갈긴 우리 반 해송이는 내 일부를 폐허로 만드는 거대 운석이다.

존재만으로 반짝이는 아이들도 있다. 어쩌다 세상의 때라도 탈까 애지중지 감추고 싶다가도, 너무 기특해 자꾸만 세상에 자랑하고 싶은 아이들. 시키지도 않았는데 친구가 교실 바닥에 쏟은 코피를 묵묵히 닦던 희윤이나 배움이 느린 짝꿍을 계속 챙기며 다정하게 응원하던 서희가 그랬다.

나는 그런 아이들을 볼 때마다 눈이 새까매진 고양이처럼 엉덩이를 씰룩거리며 아주, 어? 어떤 보호자든 학부모 상담을 오시기만 해봐라, "도대체 가정 교육을 어떻게 시키신 거예요! 비결을 나누어주시기 전까진 교실 밖으로 나가실 수 없어요!" 하고 갑질을 해버릴라니까! 하고 벼른다.

이들과 대척점에 선 아이들도 있다. 물건을 훔치고 친구를 때리고 교실의 질서는 물론 교사의 삶까지 무너뜨리는 아이들. 저 작은 아이는 어떤 요소가 얼마나 뒤틀려 결합한 건지, 걱정스럽다 못해 두려운 아이들.

　이들의 행동 특성 발달 사항에 정말 '행동 특성'을 쓰자면 '불수의근이 제대로 작동하고 있습니다' 외엔 딱히 칭찬거리를 찾기 힘든데 이들의 파괴력에 학부모마저 불을 지피면 아기 초식 공룡같이 무해한 담임은 멸종위기종이 된다. (가여워라) 난 그럴 때마다 불쌍한 트리케라톱스와 티라노사우르스와 둘리와 공순이를 동시에 떠올린다. 소행성이 작정을 하고 달려들면 모든 게 박살나는 것밖엔 도리가 없다고 생각하면서 말이다.

　그리고 그 사이엔, '진짜도대체왜그러는데석(石)' 표본들이 있다. 영어 단어를 따라 쓰라고 했더니 앞이 안 보여서 못 쓰겠다며 손까지 더듬거려 모골이 송연해지게 하는 아이, 내 키보다도 훨씬 높은 학교 울타리 위를 기어 올라갔다가 다시 내려오는 아이, 복도식 아파트 외벽에 매달려 친구들로부터 경악에 찬 환호를 받는 걸 즐긴다거나 국통에 온갖 음식을 붓고 섞어대서 친구들의 비위를 상하게 하는 그런 아이들 말이다.

　이런 종류의 기막힌 사건들은 언제 어떤 식으로 일어날지 예상조차 하기 힘들기 때문에 대비를 하기도 어렵다. 열한 살 아이에게 '애들아, 아파트 외벽 좀 보렴. 참 매달려보고 싶지? 그렇지만 매달리면 아주 위험하단다'까지 미리 교육하기엔 내 상상력이 부족한 탓이다.

　이들은 아기 공룡 담임을 멸종시킬 정도의 위력은 가지지 않으나 순수하게 행동의 동기가 궁금해지는 아이들로, 인류의 다양성을 지킨다는 측면에선 긍정적이나 담임의 정신 건강엔 그다지 좋지 않다.

　올해 나는 교과 전담이고 나는 참교사라 내 머릿속은 200개가 넘는 인간 광물 표본으로 꽉 차 있다. 그 말인즉슨, 나는 교과 수업을 하러 갔다가 그 반 TV 리모컨을 바구니에 넣어 가지고 오는 거대한 돌머리가 되었다는 말이다.

이름에 동그라미가
세 개인 아이

한 해 동안 울지 않는 아이들은 12월 25일에 선물을 받는다. 미취학 아동들은 12월 둘째 주가 되면 두어 번쯤 울음을 삼키는 것으로 한 해의 땡깡 역사를 청산하려고 한다. 어른들도 1년간 흘린 어린이들의 눈물 콧물을 알코올램프로 열심히 증발시켜 증거 인멸에 동참한다. 산타 할아버지와 루돌프의 노동력은 그렇게 착취당한다. 좀 얼렁하고도 뚱땅한, 지구의 아동보호법이다.

2월은 교사가 새로 맡을 학급을 배정받는 시기다. 나는 2월이 되면 '제발요, 저 정도면 못돼먹게 살진 않았잖아요' 하고 천지신명을 향해 생떼를 쓴다. 그러나 애석하게도 지구에는 아직 교사의 생떼를 받아주는 법이 없다. 도대체 조물주네 8954대 국회는 지금껏 무엇을 했단 말인가. 개탄스럽다.

학급을 뽑는 순간은 성탄절 선물 상자를 여는 순간보다 훨씬 중요하다. 닌텐도 스위치 대신 공책을 받는 어린이는 입술이 2센티미터쯤 튀어나오는 것으로 끝일 테지만, 이건 1년간 빠질 내 머리카락 수와 미간 보톡스의 주기를 좌우하기 때문이다.

모두의 평화를 위해 교사들은 매년 반 편성에 골몰한다. 고려할 기준은 많고 머리는 지끈거린다. 반 배정을 끝냈다 싶으면 꼭 3반 선생님이, "1반 윤진이랑 지에 떨어뜨려야 해요" 하시고, 그걸 반영하고 나면 5반 선생님이 "6반에 동명이인 있어요" 하고 매의 눈으로 잡아내신다. 교과 선생님의 치밀한 교차 검증까지 끝난 후에야 비로소 가출석부가 완성되고 해당 학년을 맡은 선생님들은 저마다 비장한 각오로 모여 그걸 뽑는다.

"난 똥손이니까 자기가 먼저 뽑아."

고도의 전략인지 담백한 양보인지 모를 선배 선생님들의 말씀에 따라 봉투를 뽑으면 그 속엔 가출석부가 들어 있다. 처음 만나게 될 아이들이지만 묘하게 익숙한 이준, 서준, 서우, 지우, 서연, 서윤, 채율, 하율, 건우, 도겸의 이름 앞에서 나는 잠시 혼돈에 빠진다. 환경문제가 심각하다더니 인명용 한자 사전이 기어이 두 장 정도로 간소화된 게 분명하다. 서, 윤, 율, 하, 아, 우, 도, 건 정도를 조합하면 전교생의 8할 정도는 부를 수 있을 것 같다. 하나같이 예쁜 이름이지만 점점 머리가 굳어가는 나에겐 너무 가혹한 현실이다.

장난꾸러기 질량 보존의 법칙은 초등학교에서도 유효하다. 인원수와 강도를 곱해 더하면 모든 반이 엇비슷해진다. '왕건이'가 한 명 있거나, 잔잔한 아이들이 여럿이거나 하는 식이다. 그러나 모범생이었던 아이가 다음 해 지독한 사춘기를 겪을 수도 있고, 재작년에 앙숙이었던 아이들이 해를 걸러 다시 만나면서 지옥도가 펼쳐질 수도 있으며, 잔잔한 장난꾸러기들이 갑자기 힘을 합쳐 어벤저스가 되기도 한다. 반대로 전년도 담임을 들들 볶다가 철이 들어 나아지는 경우도 더러 있다. 고로 필사의 노력을 거쳐 고르게 반 편성을 하더라도, 학급의 분위기는 뚜껑을 열어봐야 안다. 그건 담임의 운과 학생들 간의 궁합, 사주팔자와 별자리와 혈액형까지 논리와 비논리의 모든 요소가 결합하여 정해지는 신묘한 영역이다.

어떤 선생님들은 맡을 학급이 확정된 후에 가출석부를 들고 전년도 담임 선생님을 찾아다니며 "이 아이는 어때요?" 하고 정보를 수집하신다. 아이의 유형을 파악하고 미리 대비책을 마련하겠다는 작전일 테다. 반면 나는 아무 정보도 없이 아이들을 맞이하는 편이다. 편견을 갖지 않고 아이들을 만나겠다는 고고한 신념이라면 좋겠지만, 그건 아니고 단지 내가 너무 내향적이어서다. 다른 교실의 문을 두드리는 건 항상 어렵다.

그래도 전년도 담임 선생님을 찾아갈 때가 있긴 하다. 학부모님으로부터 "작년 담임 선생님은 안 그러셨는데…"와 "우리 애가 작년엔 안 그랬는데…"라는 말을 들을 때다. 그게 진짜라면 올해 갑자기 아이가 망가진 원인은 아무래도 담임인 나 혹은 우리 반 아이들일 테니 나는 그 말을 들을 때마다 '아! 예, 죄가 제인이죠, 아니, 제가 죄인이죠' 하는 마음으로 겸허히 작년 담임 선생님을 찾아간다. 나나 우리 반 아이들이 원인이라면 대책을 찾아야 하기 때문이다. 그러나 전년도 담임 선생님의 증언까지 들었을 때, 진짜로 작년에 안 그랬던 경우는 일단 지난 9년 동안은 정확히 0건이었다.

어느 해에는 지각을 자주 하던 학생의 어머님께 몇 차례 연락한 적이 있다. 아이의 소재를 파악하는 건 안전과 직결되는 중요한 문제이기 때문에, 사전 연락 없이 등교하지 않으면 수화기를 들 수밖에 없다.

"도영이가 아직 학교에 안 와서 연락 드려요. 무슨 일이 있나요?"

"도영이가 아직 학교에 오지 않아서 연락 드려요. 오늘 결석인가요?"

"도영이가 요즘 지각을 자주 하는데 혹시 무슨 일이 있나요?"

처음엔 "늦잠을 잤나 봐요. 얼른 가라고 할게요" 하고 민망해하시던 어머님께서는, 내 연락이 몇 차례 반복되자 좀 짜증이 나셨는지 "작년엔 안 그랬거든요. 이상하게 올해는 아침에 학교 가기 싫어하네요. 대체 이유가 뭔지…" 하고 말을 흐리셨다.

나는 원인을 찾기 위해 그날 수업이 끝난 후 도영이

의 지난해 담임 선생님을 찾아갔다.

"선생님, 도영이가 작년엔 지각을 안 했다는데 올해
는 자주 하거든요. 요즘 무슨 문제가 있나 싶어서요. 작
년에는 어땠나요?"

그러자 선생님께서는 곧장 미간에 주름 두 줄기를 만
드시며, "에? 누가? 도영이 부모님이 그러셔? 뭔 소리야!
걔, 1년 내내 지각했어!" 하고 발가벗은 진실을 공유해
주셨다.

그런 특수한 상황이 아닌 다음에야, 나는 가출석부를
뽑고 나면 조개처럼 입을 꾹 다문 채 새 학년을 준비한
다. 그해에도 새 이름표를 자르고 붙이며 법석을 떨고
있었는데 동료 선생님이 찾아오셨다.

"선생님! 새 학급 어때요?"

"음… 글쎄요. 무난하길 빌고 있어요."

선생님은 내가 자르던 이름표를 슥 보더니, 눈이 동
그래져서 외치셨다.

"아! 연우가 올해 선생님 반이에요? 작년에 연우 때
문에 김민숙 선생님께서 엄청 고생하셨잖아요. 그 반 애
들 넷이 뭉쳐서 난리도 아니었다던데?"

"아, 그래요?"

'아, 오연우, 올해는 너니?'

나는 이미 이응이 세 개나 있는 그 애 이름 위에 동그라미를 다섯 개 정도 더 그렸다. 볼펜은 종이를 지나 바닥까지 벅벅 긁으며 요란한 소리를 냈다.

우연히 연우에 대한 사전정보를 얻게 됐지만, 3월의 나는 무지의 베일을 벗지 않았다. 내 베일 바깥의 아이들은 모두가 익명이고 졸라맨이었다. 1년을 주기로 학급이 바뀐다는 것은 누구나 구질구질하던 과거를 잊고 '요이 땅'을 다시 외쳐보라는 국가의 합법적 우쭈쭈였다. 지나간 일을 모르는 척 꿀꺽 삼킬 권리 정도는 보장해주는 것이 아이들에 대한 어른의 매너였다.

주시하려는 의도는 없었으나, 연우는 아무 말하지 않아도 눈에 띄었다. 수업 시간마다 책상에 엎드려 있었기 때문이다. 초등학교에선 허공을 향해 넋을 놓은 아이들은 있어도 아예 엎드려 있는 아이들은 보기 힘들다. 나는 수학 익힘책을 풀 시간을 주고 교실을 돌아다니면서 연우 곁을 지날 때마다 "바르게 앉자"를 복화술로 반복했다. 그럼 연우는 금세 자세를 고쳤다. 교실을 한 바퀴 돌고 교탁 앞에 서서 쳐다보면 다시 척추가 무너져 있는 게 문제일 뿐이었다. 그해 학급 아이들이 유난히 조용해서였는지, 학급에 정이 붙지 않았던 건지 연우의 자세는 잠든 고양이처럼 흐물흐물했다.

긴장한 아이들을 말랑말랑하게 주물러가며 분위기를 풀어가던 어느 날, 나는 연우가 유난스러울 정도로 곧게 앉아 필기하는 찰나의 순간을 포착했다. 순간 허리가 아파 잠깐 기지개를 켠 것인지 그날따라 공부가 하고 싶었던 건지 모르겠으나 하여튼 우리 반 아이들 중에 정수리가 제일 높이 솟아 있었다.

'잡았다, 요놈!'

나는 칠판에 뭔가를 쓰다 말고는 팔에 힘을 탁, 풀고 분필을 달그락 내려놓았다. 그러고는 주변 공기를 단전부터 끌어모아 요란스럽게 외쳤다.

"헤에엑!!!"

수업을 듣던 아이들도, 딴생각에 잠겨 있던 아이들도 눈을 동그랗게 뜨고 날 쳐다봤다. 나는 스무 명의 시선이 모두 집중된 것을 확인한 후에, 태양계에서 새 행성이라도 발견한 듯 감격한 목소리로 본론을 꺼냈다.

"얘들아! 연우 수업 태도 너무 좋아지지 않았니? 어쩜 저렇게 바른 자세로 열심히 쓰고 있을 수가 있어? 선생님 진짜 감동 받았잖아!"

연우가 평소에 어땠는지 아는 아이들은 까르르 웃었고, 연우는 쑥스러운 듯 씨익 웃으면서 허리를 더 높이 세웠다. 난 그 표정을 보고 그 주 선생으로서 할 몫은 다 했다 싶어서 그날 치킨을 시켜 먹었다. 하늘이 내 공로를 인정한다면 그날 먹은 치킨의 칼로리만큼은 10분의 1로 삭감해 주어야 한다.

새 학년에 적응을 완료한 연우는 친구들과 즐겁게 지냈고, 공부엔 놀라우리만치 영 관심이 없었다. 특히 미술 시간엔 정확히 왼쪽 네 번째 발가락으로 그린 듯한 작품을 가져오곤 했는데, 웬만하면 칭찬 한마디쯤은 꼭 섞어 말하는 내 말문에 콘크리트 성벽을 쌓는 작품들이었다. 차마 어떤 부분을 칭찬해야 할지 몰라 "…연우야…, 음…" 하고 뜸을 들이고 있으면, 연우는 넉살 좋게 "선생님! 저 잘했죠! 히히" 하고 웃었다.

기가 막힌 내가 "성격 하나는 끝내주게 긍정적이네.

못했으니까 새 종이 가져가"라고 매몰차게 대꾸하면 연우는 "아악! 왜요!" 하며 비명을 질러댔다. 그러면 자리에 앉아 있는 아이들은 다 웃어버렸다.

이름에 동그라미가 세 개나 있던 연우는 이름처럼 성격도 동글동글했다. 그 애는 다른 친구들을 말로도, 행동으로도 해치지 않았으므로 반 아이들은 연우를 좋아했다. 말썽도 옆에서 누가 같이 부려줘야 하는 스타일이었는데 그해의 학급 아이들은 참 얌전했기 때문이다.

많은 학생 중 연우가 유난히 기억에 남는 건, 그 애한테 배운 게 있기 때문이다. 난 기질적으로 불안도가 높다. 걱정이 너무 많은 게 또 걱정이라, 내가 죽어 화장을 하고 나면 나는 사라지고 내 걱정만 남아서 세상을 붕붕 떠돌 것만 같아 그게 또 걱정이다. 그래서 나는 무던한 사람들을 동경한다. 1등이 아니어도, 안정된 직장이 아니어도, 돈이 많지 않아도 콧노래를 부를 수 있는 사람들 말이다. 그런 사람을 옆에 두어야 심신이 안정된다.

그리고, 연우도 그랬다. 연우의 글쓰기 과제를 보고 나는 그걸 외울 정도로 읽고 또 읽었다.

학원에서 그림 그리기 대회를 했다.

나는 그림을 못 그리지만 참가상을 받기 위해 열심히 했다.

드디어 결과가 나왔다. 심장이 쫄깃했다.

나는 참가상이었지만 스스로 생각하기에 열심히 한 것 같다.

내 친구는 2등으로 상품을 받게 됐다. 엄청 부러웠다.

그래도 내 그림이 나한텐 1등이다.

연우는 부족한 걸 알았고, 그래도 열심히 했다. 특출난 성과는 없어도 스스로 만족했고, 잘한 친구를 담백하게 부러워했다. 그리고 자기 그림을 가장 예뻐했다.

그건 내가 갖고 싶어 하나 가져본 적 없는 마음이었고 삶에서 배워야 할 거의 모든 것이었다. 난 그 글을 시처럼 암송했다. 불안이 재채기처럼 솟구칠 때, 그 글과 '헤헷' 하고 실없이 웃는 그 애의 표정을 같이 떠올리면 그냥, 나도 행복하게 살 수 있지 않을까 싶었다.

연우는 "오연우!" 하는 내 사자후를 몇 번 듣긴 했으나 큰 문제없이 다음 학년으로 진급했고, 채 몇 달이 지나지 않아 사춘기빔을 정통으로 얻어 맞아버렸다. 나는 연우가 앞머리를 코까지 내리고 다닌다는 소식에 우하하 웃었고 마침내 첫 연애에 성공해 버렸다는 소식을 듣고선 으캬캬 웃었다. 복도에서 연우를 만날 때마다 "연우야! 너 여자친구 생겼다며? 언제 100일이야?" 하고 신나게 놀려주었다.

인생을 어떻게 살면, 누군가가 날 떠올렸을 때 아무 생각 없이 씩 미소 짓게 할 수 있을까. 나는 해낸 적이 없으나 연우는 그랬다. 그래놓고 자기가 그런 줄도 모른다는 게 그 애의 진짜 매력이다.

부모님이
누구니?

그 애의 이름만큼은 실명으로 적고 싶어 손가락이 들썩거리나, 그 애의 성격을 생각할 때 쑥스러워하며 고개를 저을 것이 분명하므로 꾹 참도록 하겠다. 나는 그해 4학년 담임이었고, 찬영이는 눈이 뱅글뱅글 돌아갈 듯 두꺼운 연두색 안경을 쓴 남자아이였다. 속눈썹이 긴 건지 눈동자가 새까만 건지 하여튼 칠흑 같던 눈은 나에게 말을 걸 때마다 통통한 송편 모양으로 바뀌곤 했다.

요즘 결혼시장에선 모든 면에서 골고루 뛰어난 육각형 남녀가 각광받는다는데, 찬영이는 집안이나 외모, 학력 등 세속적 기준을 차치하더라도 37각형 어린이쯤 됐다. 일상을 즐거워했고, 결코 남을 미워하지 않았으며,

적당히 진지했고 필요할 때 슬퍼했다. 끈적이지도 과하지도 않은 5월 초저녁 바람 같은 아이였다.

티를 낼 순 없었으나 나는 그 애의 열성팬이었다. 그 애가 의도치도 않게 날 꼬신 기술엔 여러 가지가 있다. 내가 쉬는 시간에 학습 자료를 만들고 있으면 찬영이는 곁으로 와서 "우와! 선생님, 이게 뭐예요?" 하고 눈을 반짝이곤 했다. 내가 "안 가르쳐주~지!" 하고 심술을 부리면 그 애는 "아, 왜요오~!" 하며 좌우로 몸을 흔들었다. 귀여운 것에 사족을 못 쓰는 나는 그 모습을 볼 때마다 광대가 갓 데운 감자빵처럼 부풀었다.

당시 우리 반은 급식을 먹을 때 교탁을 칠판 앞으로 치워뒀다가 식사를 끝낸 후 원위치시켰다. 어느 날은 점심을 다 먹은 후 "찬영아, 교탁 좀 (원래 위치대로) 돌려놔줄래?"라고 부탁했다. 그러자 찬영이는 "네!" 하고 신나게 교탁으로 달려가더니 교탁의 앞뒤를 진짜로 뱅글 돌려놓아 날 폭소하게 하기도 했다.

그러나 찬영이의 진가는 다른 데 있었다. 그 애의 말과 행동에는 늘 적당한 온기가 있었던 거다. 얼마든지 거슬릴 수 있을 또래 친구들의 말에도 그 애는 화를 내는 법이 없었다. 그렇다고 무작정 헤실헤실 웃는 것도 아니라, 수용할 수 없는 부분에 대해서는 제법 진지하고 단호하게 할 말을 할 줄 아는 아이였다. 모둠활동에 제대로 참여하지 않는 학생 때문에 모두가 속을 썩고 있으면 찬영이는 친구들을 다독이며, 그래도 한 번 더 해보자고 얘기하곤 했다. 그럼 가시를 세우기 직전이었던 그 모둠의 분위기는 다시 동글동글한 조약돌처럼 굴러갔다. 그 애의 속이 어땠을지는 모르겠으나, 무너질 법한 상황에서도 인상을 찌푸리거나 포기해 버리지 않은 찬영이 덕에 다른 친구들도 곧 안정을 찾곤 했다.

난 그 애가 나보다 나은 사람이라고 생각했다. 나는 지금은 결코 참지 않는 어른이 되어 험한 일을 당하면 똑같이 물어 뜯는 미친 불독 같은 습성을 갖추게 되었지만 그때만 하더라도 하고 싶은 말도 못하는 순둥이였다. 그러나 속까지 순한 것이 아니라는 게 문제였다.

그 애가 나보다 낫다고 생각한 결정적 계기는 업무 중 짜증이 폭발했던 어느 날 때문이다. 그날은 2교시에 외부 인사 강연이 예정되어 있었고 당시 방송 업무를 담당했던 나는 마이크와 노트북을 준비해 놓아야 했다. 많은 일이 있었지만 요약하자면, 실무를 담당하시던 분은 미리 테스트를 진행하자는 내 요청을 거절하셨고, 수시로 말썽을 일으키던 방송장비는 행사 당일에 작동하지 않았으며, 나는 하던 수업을 내팽개치고 마이크를 조작하러 강당에 내려가야 했다. 일이 꼬이는 내내 나는 테스트 요청을 거절하신 그분을 원망하며 툴툴댔다.

기분은 끝도 없이 가라앉았다. 그날따라 바쁘긴 또 왜 그렇게 바쁜지, 이런저런 일정을 소화하다가 5교시에 쫓기듯 일기 검사를 시작했다.

'가방 없어진 날'

연하게 휘발하듯 날려 쓴 글씨체는 찬영이 것이었다.

학교 끝나고 친구들이랑 놀았다. 경찰과 도둑 놀이도 하고 그네도 탔다. 그런데 아까 의자에 놓아두었던 가방이 사라졌다. 나는 경찰에 신고를 하고 싶었지만 내 잘못을 먼저 생각했다. '그래… 집에 가방 먼저 갖다 두지 않은 내 잘못이야.' 집에 가서 엄마와 상의하여 가방을 새로 준비했고 물건도 다 챙겨 넣었다. 다음부터는 가방을 잘 챙겨야겠다.

찬영이는 도둑질을 당하고도 남을 원망하기 전에 자기 잘못을 찾고 있었다. 그 애는 고작 열한 살이었다. 찬영이의 일기를 읽는데 하루 종일 바락바락 곤두서 있던 신경이 한순간에 누그러졌다. 이 아이 눈에 오늘의 나는 어땠을까. 내 눈에 오늘의 나는 어떤가.

어쩌면 찬영이는 하늘에서 나에게 보내준 인간 자기계발서가 아닐까. 조물주가 내 분노 조절 체계를 잘못 설계해 놓고 아니, 성질이 너무 더러워졌잖아, 하고 큰일이다 싶어 찬영이를 나한테 내려보낸 게 분명해. 저 애의 점퍼를 벗기면 척추 대신 책 표지가 나올지도 몰라.

마침 이어진 도덕 시간에 나는 이 에피소드를 아이들과 나누고 싶다는 생각을 했다. 나는 찬영이에게, "찬영아, 네 일기 보고 선생님이 감동해서 칭찬해 주고 싶은데, 다른 친구들한테 얘기해도 될까?"라고 물었는데 찬영이는 "으음…" 하고 고민하는 척을 하더니 방긋 웃으며 고개를 절레절레 흔들었다. 너무 쑥스럽단 거였다. 그마저도 기특한 녀석. 나였다면 굳이 거절치도 않을 뿐더러 '선생님, 이왕 칭찬해 주시는 김에 현수막도 제작해서 교문 위에 달아주시면 안 될까요?'라고 속으로 간청했을 일이었다.

　나는 그 애와 1년이라는 긴 시간을 함께했지만 그 애의 부모님은 딱 한 번밖에 만나지 못했다. 학부모 정기 상담 때였는데, 나는 진심을 담아 "어머님, 찬영이 어떻게 키우셨어요?"라고 여쭤보았었다. 너무 잘 큰 아이 앞에서는 딩크족도 육아법이 궁금해진단 걸 그때 처음 알았다. 찬영이 어머니는 아들과 똑같이, 멋쩍은 미소를 지으시고 별다른 말씀이 없으셨다. 그리고 그분은 이후의 남은 기간 내내 나에게 연락 한 번이 없으셨으므로 자녀 교육의 비법은 더 이상 여쭤볼 수가 없었다.

　찬영이는 졸업을 하고서도 몇 번 더 날 찾아왔다. 그러다 내가 학교를 옮기고 코로나가 기승을 부리며 몇 년간 소식이 뜸하다가, 코로나가 잠잠해진 후에 그해의 제자들을 다시 만났다. 이제 고등학생이 되어 나보다 커버린 찬영이는 여전히 살갑고 산뜻했다. 한사코 내게 얻어먹길 거절하는 아이들에게 음료 한 잔씩을 사주고 자리에 앉히니, 찬영이는 "선생님, 잠시만요" 하며 카네이션 한 송이와 내가 즐겨 마시던 커피를 불쑥 내밀었다.

훌쩍 커버린 찬영이는 이제 몸을 흔들면서 아양을 떨진 않았으나 "찬영이도 그때 그대로 잘 컸네, 그럴 줄 알았어" 하는 내 말에 "에이, 선생님 덕분이죠"라고 기분 좋게 받아치는 립서비스를 새로운 무기로 장착한 상태였다. 그날 그 애는 "저도 선생님이 되려고요"라고 해서 내 가슴을 덜컹하게 했지만 그 외의 모든 대화는 그때처럼 즐거웠다.

　　그해는 열한 살의 찬영이를 가르치고 거꾸로 그 애에게 배우는 영광을 누린 한 해였다. 결국 찬영이 부모님의 자녀 교육 꿀팁을 알아내지 못했다는 게 통탄스러울 뿐이다.

　　언젠가 찬영이를 다시 만나게 되면, 그때 나는 과연 '찬영아, 부모님 모시고 와봐'라는 말을 참을 수 있을까.

사랑한다는
말이에요

나는 말하는 것을 별로 좋아하지 않는다. 말을 해야 하는 순간마다 검은 매직을 든 채 하얀 도화지를 마주하는 아득함이 느껴지기 때문이다. 그건 말하자면, 절대 수정할 수 없는 단 한 번의 글쓰기와도 같다. 너무 뜸을 들여선 안 되는데, 한 번 내뱉고 나면 아무리 그 위를 벅벅 덮어도 흔적이 남으며, 그 결과로 어쩌면 누군가의 마음을 뻥 뚫어버릴 수도 있는, 그래서 끝도 없이 신중해지는 단 한 번의 기회 말이다.

불행히도 유쾌하게 대화하는 재주를 타고나지 못한 나는, 타인과 있을 때 그냥 입을 꾹 다물고 고개나 끄덕이는 쪽으로 사회 적응을 마쳤다. 그러나 이런 나조차도

꼼짝없이 얼마간의 이야기를 (심지어 나에게 몹시 귀 기울이는 청자를 상대로) 해야 하는 때가 있으니, 바로 학부모 상담 주간이다.

학부모 상담은 불편한 상대와 예상할 수 없는 대화를 해야 하고, 때로 어려운 얘기를 꺼내기도 해야 한다는 점에서 난이도 별 네 개 반쯤 되는 대화 상황이다(별 다섯 개는 당연히 예고조차 없이 맞닥뜨리는 학부모 상담이다). 언제고 있을 실수를 막기 위해 내가 할 수 있는 건 최대한 많은 자료를 준비하고 자세히 시나리오를 적는 일이다. 학부모님이 대충 대답을 했다 치고 "네, 그렇죠" 하는 대강의 추임새까지 아주 살뜰히 적어놓는다. 초반에 할 얘기들만 정리해 놓으면, 천 갈래로 흩어지는 나머지 대화는 넋이 반쯤 나간 내가 알아서 마무리 짓는다.

그러니 나처럼 서툰 교사에게 가장 완벽한 상담은, '하지 않아도 되어서 하지 않는' 상담이다. 더불어 "선생님, 드릴 말씀은 없고 그냥 인사는 드려야 할 것 같아서 신청했어요. 1년 잘 부탁드려요" 하고선 바쁘게 마무리 짓는, 그래서 대충 8분 여의 쉬는 시간이 선물로 남는 상담도 그러하다.

그러나 나랏돈을 받는다는 건 그렇게 녹록지 않아서, 교사들은 그 기간 동안 평범한 그들의 세상에선 결코 만나기 힘든 별의별 군상을 다 마주하게 된다. 그중에서도 유난히 유난한 몇몇 사례는, 훗날 동학년 회의에서 비정기적으로 열리는 '나는 이런 학부모까지 만나봤다' 대회에서 필살기로 쓰이기도 한다.

나는 경력이 일천하여 망나뇽같이 내세울 만한 학부모는 아직 만나지 못했다. 대신 상담 신청을 해놓고 연락 두절인 채 나타나지 않는 학부모님은 매해 꼭 한 분씩 경험한다. 그 외에 "선생님, 젊어 보이시는데 결혼은 하신 건가요?"를 다섯 번쯤 물어보거나, 아이 얘기는 간데없고 자기가 새로 다니는 요가원을 소개한다거나, 이미 곪을 대로 곪은 관계를 들고 와서 다른 학부모나 학생 흉을 보는 학부모님도 종종 만나뵙는다. 스무 명 남짓의 아이들이 '왜 그렇게 컸는가'를 두 눈으로 확인하는, 실로 숭고한 깨달음의 순간이다.

그런데 이번 상담 기간에는 웃기는 얘기를 들었다. 우리 반 시우와 1반 시은이는 쌍둥이였는데, 시우 어머님과 상담을 하던 중이었다. 어머님은 덕담처럼 "아이가 선생님을 많이 좋아해요" 하고 말씀하셨다. 뭐 진실은 저 너머에 있지만 일단 "다행이네요, 호호" 하며 대화를 이어가는데, 뒤이어 하시는 말씀이 아주 기가 막혔다.

"시우랑 시은이가 서로 자기 반 선생님이 더 예쁘다고 맨날 싸워요, 호호."

이럴 수가…. 나는 그 말을 듣자마자 나도 모르게 왼손으로 이마를 팍 쳤다. 뒤늦게 전화 상담임을 다행이라 여기면서 말이다. 그도 그럴 것이, 1반 선생님은 세상의 기준에 비추어 볼 때 누가 봐도 예쁜, 그러니까 이건 외모 평가라기보단 글의 이해를 위한 표현인데, 문자 그대로 '예쁜' 분이기 때문이었다. 물론 나한테도 눈코입이 말짱히 붙어 있으니 큰 불만은 없지만, 그냥 눈코입이 제자리에 달린 데 의의를 두는 편이기에 어머님의 말씀을 듣자마자 민망해지는 건 어쩔 수 없었고, 뒤이어 엉뚱한 걱정이 일렁였다.

우리 시우는 어쩌다 이길 수 없는 싸움을 시작한 걸까. 이 아이는 어쩌다 나를 담임으로 만나, '근거는 모르겠지만 아무튼 우리 선생님이 더 예쁘다'며 승산 없는 다툼에서 목청을 높이고 있는 걸까.

별안간 두들겨 맞은 이마는 내내 얼얼했으나, 곧이어 나는 이 말도 안 되는 싸움의 발로는 사랑이라고 믿기로 했다. 사랑은 때로 완전히 객관성을 상실하는 경험이니까. 이건 서른이 넘은 딸을, 그러니까, 이제 공주 옷을 입는다고 진짜 공주가 되는 게 아니란 것쯤은 훤히 알고 있는 나를 여전히 '우리 예쁜 공주'라 부르는 우리 부모님을 보며 알게 된 진리 같은 거다.

아, 사랑을 하면 짝짝이의 눈이나, 푸석한 머릿결이나, 아침마다 여지없이 부어오르는 얼굴마저 예뻐보이는 거구나, 하는.

그러니까, 3월 한 달 동안 까칠한 대답으로 내 속을 뒤집어놓던 저 무람없는 아이는 무슨 까닭에선지 어느새 나를 사랑하게 된 거라고 나는 생각했다. 사실 이유는 알 수 없다. 시우가 과제를 해올 때마다 내 성에 차지 않아 "이거 다시", "여기 다시", "세 줄 더", "새 종이 줄게" 하며 열두 번씩 퇴짜를 놓았기 때문이다. 미울 법도 한 담임을 와락 껴안고 사랑해 버리는 열두 살의 배포는 어디에서 오는 걸까. 두 달의 정이 그렇게나 애틋한 건지, 아니면 '우리 선생님'이라는 다섯 글자의 힘이 그렇게나 센 건지, 모를 일이다.

학부모 상담이 끝나고 며칠 후, 시우는 어느 쉬는 시간에 저벅저벅 교탁 앞으로 나오더니 예의 그 뚱한 표정으로 "선생님, 이거 드세요" 하고 초콜릿 두 개를 놓고는 휙 돌아갔다. 그럴 것 같지 않은 아이의 표현은 늘 기껍기에 나는 세상에서 가장 감격한 표정으로 "헤엑, 시우야! 세상에, 너무 감동이다! 근데 선생님은 이거 못 받아…. 마음만 받을게!" 하며 또 요란하게 초콜릿 사진을 찍어댔고, 시우 자리에 가서 가만히 초콜릿을 내려 놓았다. 그리고 초콜릿 위에는 어차피 말싸움은 마지막에 한마디를 더 얹는 쪽이 이기는 거라고, 그러니까 비록 눈코입은 내가 졌지만 너는 이왕 시작한 싸움에서 꼭 이기라는, 나의 부박한 마음도 잔뜩 얹었다.

그래, 사랑에 눈코입이 뭐가 중요하겠는가. 열두 살이 누릴 수 있는 최고의 달콤함을, 그것도 두 개씩이나 불쑥 내미는 마음이라면 시우는 1반 선생님도, 한날 태어난 자매도 이길 수 있을 거다.

그럼에도 나는 부디 시우가 내 간절한 소망이 담긴

그 초콜릿만큼은 야무지게 챙겨 먹고 싸움에 임하길 바라는 마음이다.

그건 분명 12년 인생 중 가장 힘든 싸움일 테니까.

또 죽이고
말았다

또 죽이고 말았다.

다행인 점은 내가 죽인 게 사람이 아니란 거고, 한심한 점은 이게 한두 번이 아니란 거다. 베란다를 기어코 밀림으로 만들어버린 엄마와 달리 나는 식물 키우기에 영 소질이 없다.

나는 이게 비단 내 잘못만은 아니라고 생각하는데, 지금껏 내가 돌본 어떤 식물도 목이 마른 건지, 햇살이 고픈 건지, 흙이 퍼석퍼석한 건지 혹은 그냥 기분이 나쁜 건지 명확하게 얘기해 준 적이 없기 때문이다.

혼자 노란 이파리만 쭉 내밀고 잔뜩 삐쳐 있으면 나처럼 무감각하지만 정 많은 인간은 조바심에 정신을 잃고 물을 2리터쯤 퍼 먹이게 되고, 며칠 후 여지없이 축 늘어진 '한때 식물이었던 것'을 종량제 봉투에 쑤셔 넣을 수밖에 없다.

학교에는 식물을 잘 키우는 분들이 많아서, 매해 동학년 선생님들 중 몇 분은 꼭 교실 창가에 이름도 모를 화분을 수십 개씩 키우신다. 도대체 측두엽이 얼마나 발달하신 건지, 내가 업무 지시 하나도 제대로 못 알아들어서 '죄송합니다'를 연발하는 동안 그분들은 흙이 마르는 소리에도 기민하게 반응한다.

그런 분들은 또 정도 많으셔서, 내가 부러움의 눈길로 멍하니 화분을 보고 있으면 다정하게 "하나 가져갈래?" 하며 화분을 안겨주신다. "흙이 마르면 물 흠뻑 주면 돼. 대충 일주일에 한 번 정도" 하는, 딱 우리 엄마의 떡볶이 레시피만큼 오묘한 처방과 함께.

그럼 나는 그게 무슨 의미인지도 모르면서 일단 호기롭게 "네!" 하며 화분 몇 개를 교실로 들인다. 그런데 옆 교실에선 잘만 서 있던 놈들이 우리 교실에 오자마자 향수병에라도 걸리는 건지, 이내 드러눕는 게 예사다. 그러면 나는 동동거리며 화분을 주신 선생님께 왕진을 요청하기도 하고, 상황이 심각하다 싶으면 본래 교실로 요양을 보내기도 하며 어떻게든 살려내 보려고 안간힘을 쓴다. 하지만 잠시 생명 연장의 꿈을 이루는가 싶다가도 우리 교실로 돌아오는 순간 여지없이 흐느적거리기 때문에 뭐 딱히 효과가 크다고 할 수는 없다.

물론 꽤 오래 키운 식물도 있다. 이름은 기억나지 않는데, 하여간 말도 안 되는 생명력을 가진 녀석이었다. 오븐에 구워지는 빵처럼 하루가 다르게 봉실봉실 몸집을 키워가는 게 키우는 재미가 있는 아이였는데, 자꾸자꾸 자라니 선생님들께서 계속 분양을 해주셔서 화분이 네 개나 생겨버렸다.

나는 그 많은 화분을 집에도 두고 교실에도 두며 식물 집사로서의 원대한 꿈을 키웠지만, 또 뭐가 빈정이 상한 건지 그 아이들도 머지않아 세상을 등지고 말았다. 나는 그만 너무 상심하여 이 아이들의 부고를 숨긴 채 입을 꾹 다물고 있었다.

그런데 이 상황을 알 리 없는 부장님께서는 어느 날, 당신 동생이 무려 이 식물을 죽여버렸다며, 이건 죽이기도 힘든데 어떻게 한 건지 모를 일이라고 혀를 끌끌 차시는 거다. 그래서 나는 차마 말도 못하고 속으로 '부장님, 저도 걔 죽였어요…' 하며 속죄 아닌 속죄를 하기도 했다.

그러니 나 같은 인간이 신록을 즐기려면 그냥 부지런히 공원이나 가면 될 일인데 학교 선생에게는 그런 삶역시 쉽지가 않다. 아이들을 나처럼 한쪽 나사가 빠진인간이 아니라 전인적인 어른으로 키워내기 위해 함께식물을 심고 가꿀 일이 많기 때문이다.

어느 해에는 봄의 끝자락에 팥씨를 심었다.

"선생님, 흙 이만큼 넣으면 돼요?" 하는 아이들의 목소리를 돌림노래처럼 들으며, 어찌어찌 씨앗을 심고 물받침에 물이 흘러나올 때까지 물도 담뿍 주고 싹이 나기만을 기다렸다. '자, 여기 움튼 게 새싹이란다', '선생님, 생명은 정말 신비롭네요', '하하하, 그렇지? 하하하' 하는 〈TV 동화 행복한 세상〉 같은 아름다운 미래를 꿈꾸며.

그런데 세상에, 다른 반에 20여 개의 새싹이 나는 동안 우리 반에는 딱 한 개의 씨앗만이 싹을 틔운 거다.

딱 하나.

나머지 96프로는 흙 밖으로 머리를 내밀지도 못했다. TV 동화고 뭐고, 〈PD 수첩〉 제작진에서 카메라를 들고 뛰쳐올 노릇이었다. 그래도 하나만 안 났으면 혼자 상처받는 아이가 생겼을 테니, 딱 하나만 난 게 차라리 다행이라고 나는 생각했다.

아이들은 내 속도 모른 채 "너도 안 났냐? 나돈데!" 하고 와르르 웃었고, 우리는 살아남은 유일한 새싹에게 기린이라는 이름을 붙여주었다. 기린처럼 2미터까지 쑥쑥 크라는 의미였다. 기린이는 아이들의 염원대로 정말 쑤욱 길어졌는데, 안타깝게도 그건 햇빛이 없어 웃자란 모양새였다.

원래 계획대로라면 교실에서 튼튼하게 키운 후에 바깥에 옮겨 심을 생각이었지만, 해가 없는 게 가혹한가 싶어 조급해진 나는 좀 이르게 새싹을 옮기기로 했다. 우리는 그날 단 하나의 새싹을 소중히 들고, 스물다섯 명의 호위단을 거느린 채 텃밭으로 가 기린이를 옮겨 심었다. 비실비실 휘청대는 기린이에게, 넌 우리 반의 유일한 희망이니 꼭 살아남아 달라고 당부하며.

그런데 하필 그다음 날 밤에, 평소엔 잘 오지도 않던

장대비가 쏟아져내린 거다. '하늘도 무심하시지'라는 진부한 표현은 분명 작달비가 올 줄도 모르고 새싹을 텃밭에 옮겨 심은 나 같은 선생을 위해 태어났을 거다.

나는 다음 날 1교시를 끝내자마자 부랴부랴 텃밭으로 향했다. 미처 신발도 갈아 신지 않은 아이들이 도도도, 내 뒤를 따랐다. 땅은 여전히 젖어 있었다. 아이들의 실내화가 더러워질까 봐 나는 혼자 텃밭으로 들어가 기린이의 상태를 확인했다. 겨우 흔적을 찾은 기린이는 새끼손톱만 하던 이파리를 장대비에 빼앗기고 삐쭉 줄기만 남아 있었다.

아이들은 교실로 올라가는 내내 "기린이는 어떻게 됐냐"며 성가시게 나를 보챘고, 나는 차마 말을 꺼내기에도 민망하여 아무 말 없이 교실에 도착한 후 그림판을 열었다. 그리고 마우스로 삐뚤빼뚤하게 기린이의 마지막 모습을 그리고, 간결하게 상황을 보고했다.

'기린이 근황 : The end'

내가 우리 반 유일한 생명의 마지막을 고하자마자 아이들의 성화가 빗발쳤고 교실에는 곡소리가 울려 퍼졌다. 나는 초등학생 때부터 선생님 소리를 듣는 게 꿈이었는데, 그 순간만큼은 제발 아무도 나를 부르지 않았으면 좋겠다는 생각을 했다.

팥 전원 사망 사건은 아이들에게 꽤나 충격적이었던지 딱 한 달 후, '우리 반에서 병아리를 키우면 생길 수 있는 일'이라는 주제로 한 아이는 이런 글을 썼다.

> 만약 우리 반에서 병아리를 키우면 어떻게 될까?
> 첫째, 병아리가 죽을 수 있다.
> 우리 반은 이미 다 같이 팥을 죽인 사건이 있다.

아, 이 확신에 찬 말투와 또렷한 경험적 근거는 뭐란 말인가. 어쩌면 나는 식물을 키우는 데에는 소질이 없지만 논리적인 글쓰기를 가르치는 데에는 꽤 소질이 있는지도 모를 일이다. 딱히 반박할 말은 없었음에도 나는 '팥이 죽은 거지, 우리가 죽인 거냐?' 하고 혼자 입을 삐쭉거렸다. 그리고 2학기가 되면 이 충격이 가실 줄 알았으나, 졸업을 앞두고 가장 인상적인 일을 묻는 질문에 다시 한번 '팥 싹이 딱 하나 났는데 장대비를 맞고 그다음 날 허리가 부러진 일'이라는 응답이 가장 큰 공감을 얻었으니, 하여튼 그해 씨앗 심기 수업은 그 어떤 활동보다도 아이들에게 진한 잔상을 남긴 것이 분명하다.

그 잔상이 비록 생명에 대한 경외심이나 식물의 한살이에 대한 지식은 아니겠지만 아이들은 적어도 세상사가 마음먹은 대로 되는 게 아니라는 것쯤은 확실히 알았을 것이다.

그러니까 누군가 그해의 아이들에게 '콩 심은 데 콩 나고 팥 심은 데 팥 난다'라는 속담의 뜻을 묻는다면, 아이들은 "그건 기적이야. 인생은 계획한 대로 흘러가는 게 아니거든!" 하며 초여름의 예기치 못한 장대비처럼 바락바락 소리를 질러댈 것이다.

담임의
은밀한 비밀

"아, 선생니임~! 대답해 주세요. 저 진짜 고민이라니까요?"

가은이는 날 보며 발을 동동 굴렀다.

"아오, 가은아!"

나는 눈을 희번덕 뒤집어까며 외쳤다. 참을 인을 삼세 번의 세제곱쯤 새긴 후였다.

"선생님 일 좀 하자! 그리고 너 어차피 둘 다 살 거잖아. 골라줘도 이것도 문제고 저것도 문제라면서 선생님보고 어떡하라는 거야!"

"아니이, 선생니임! 뿌띠빠띠의 소녀들 응원봉은 이번에 스페셜 에디션이고 우주미남쓰 앨범은 네 가지 버전으로 나온다니까요? 용돈 모자라서 둘 다 살 순 없다고요. 하, 진짜 이게 얼마나 큰 고민인데!"

가은이도 질세라 눈을 뒤집어까며 침을 튀겼다.

"아니, 도대체 뭔 앨범이 네 종류씩이나 나온다는 거야. 그리고 너 뿌띠빠띠의 소녀들 응원봉 벌써 갖고 있다며. 전에 나한테 자랑했잖아. 꼭 또 사야 해? 선생님이라면 그 돈으로 피자 사 먹을 거라니까? 피자 사 먹어, 가은아. 도미노 피자 진짜 맛있다고."

나는 입에 피자 따위를 올림으로써 앨범이 갓 나온 오타쿠 제자의 가슴에 비수를 꽂았다. 가은이는 곧장 푸딩같이 탱글한 볼 사이로 아랫입술을 쭈욱 내밀었다.

그러나 그 애는 좀처럼 기죽을 줄 몰랐다. 가은이는 그다음 쉬는 시간이면 또 씩씩하게 내 옆으로 왔고, 나는 매번 아이돌을 주제로 그 애와 만담쇼를 펼쳤다. 그러나 그 쇼의 끝은 늘 피자일 수밖에 없었다. 내 덕질의 역사는 열세 살 즈음, 호영 오빠와 결혼할 수 없다는 걸 깨달은 순간에 끝나버렸기 때문이다.

호영 오빠가 날 걷어찬 건 아니었지만 어쨌거나 사랑의 끝을 경험했으니, 난 이후로 동방신기와 빅뱅이 아무리 인기를 끌어도 그 시류에 휩쓸리지 않았다.

고등학생 때에는 MP3도 마다하고 굳이 달달거리는 CD플레이어에 김광석이나 루시드폴 CD를 집어넣고 야자시간마다 그걸 들으며 가사를 따라 적었다. 친구들은 노래방에 갈 때마다 내가 부르는 〈서른 즈음에〉를 꾹 참고 감상해야 했다. 그녀의 입술이 맛있고, 내가 바람 펴도 너는 피지 말라는 알 수 없는 가사들이 하찮아지기 시작했다. 그때 나는 열아홉이었다.

그러다 진짜 서른 즈음이 되었고, 아이돌 박사 가은이의 담임을 맡게 된 거다. 정신을 차리고 보니 나는 구독 신청한 적 없는 아이돌 주간지의 독자가 되어 있었다. 얼굴 천재인 누구누구가 브이앱에서 이런 얘기를 했고, 토끼를 닮은 그 멤버가 어제 생일이었으며, 언제 어떤 그룹이 콘서트를 하는데 갈 수 없어서 화나 죽겠단 이야기가 첫째 줄부터 마지막 줄까지 구구절절 적혀 있었다. 활동명을 썼다가 본명을 썼다가 별명을 썼다가 하니 가뜩이나 많은 아이돌 멤버들이 세 배로 늘어났다. 게다가 가은이는 자칭 '잡덕'이었으므로, 일기에 등장하지 않는 아이돌이 없었다. 가은이의 일기는 감히 나 따위가 읽을 만한 게 아니었다. 나는 연예계 발전을 위해서라도 그걸 한국연예인협회에 기증하고 싶었다.

문제는 그 역작을 읽을 때마다 세 줄 평을 적어주어야 한다는 데 있었다. 얼굴을 마주치고 만담쇼를 할 때야, "아오, 가은아. 누가 누군지 하나도 모르겠어!"라고 날것의 속내를 드러낼 수 있었으나, 일기장 댓글은 아무래도 조심스러웠다. 글로 쓰기엔 딱딱해서 혹여나 가은이가 상처받을까 싶은 게 첫 번째 이유였고, 가은이 부모님이 그 댓글을 보고서는 '선생님 반응이 이게 뭐야?' 하고 정당한 불만을 가질까 봐 걱정인 게 두 번째 이유였다. 고로 나는, '그렇구나. 선생님도 다음에 노래 들어봐야겠다' 하며 기약도 영혼도 없는 다짐을 반복할 수밖에 없었다. 가은이가 백날 똘기, 떵이, 호치, 새초미의 특징을 나열해도 난 도통 누가 누군지 구별할 수 없었기 때문이다.

그러다 갑자기, 운명처럼 나는 우주미남쓰에 진짜 입덕하고 말았다. 아이들이 학예회 공연곡으로 우주미남쓰 노래를 고른 후였다. 말하자면 업무 때문에 그들의 노래를 듣게 된 건데, 요망한 유튜브 알고리즘은 곧장 나를 그들의 안무 연습 영상으로 안내했다. 몸이 부서져라 춤을 추는 걸 감상하다 보니 경외심마저 느껴졌다. 소녀들을 상대로 애교를 부리는 게 보이그룹의 존재 이유라고 생각했던 편견은 금방 무너졌고, 밀린 떡밥을 소화하느라 한동안 수면 시간이 네 시간을 넘지 못했다. 친구들은 "다른 사람도 아니고 네가? 다른 가수도 아니고 아이돌을?" 하며 혀를 내둘렀다.

나는 곧장 가은이에게 이 소식을 전했다.

"가은아! 선생님 입덕했어."

"헐…."

"근데 멤버들 이름을 모르겠어. 영상마다 머리스타일도 다르고, 춤추면서 자꾸 움직여."

가은이는 난관에 봉착한 담임을 위해 쉬는 시간과 방과 후 시간을 탈탈 털어 날 돕기 시작했다.

"선생님, 얘가 뚤기고요. 얘가 떵이, 얘가 새초미, 얘는 호치! 호치가 제일 잘생겼죠. 제 최애거든요. 히히! 자, 그럼 문제 내볼게요."

그 애는 나름의 커리큘럼을 가지고 형성평가까지 진행했다.

"애가 누구게요?"

"새초미."

"아, 호치잖아요. 그럼 얘는요?"

"떙이?"

"아! 호치라고요! 방금 봤잖아요!!"

"아아, 머리 색깔이 달라져서 몰랐어."

"후, 그럼 얜 누군지 맞혀보세요."

"아! 얘가 호치다."

"뚤기잖아요! 아오, 진짜 왜 이렇게 몰라요!"

가은이는 세 문제 만에 나에게 역정을 냈다. 나는 그렁그렁한 눈빛으로 가은이를 쳐다보며 말했다.

"가은아…. 너 지금 선생님한테 화낸 거야?"

가은이는 아차 싶은 표정으로 나를 쳐다봤고 나는 그 틈에 곧장 말을 이었다.

"답답하지? 그게 내가 너희한테 수학 가르칠 때마다 느끼는 감정이야."

가은이는 "오호!" 하더니 군말 없이 아이돌 수업을 재개했다. 그 순간에 역지사지를 가르칠 생각을 하다니, 아무리 생각해도 나는 참교사였다.

덕질은 사랑이고 사랑은 병이었다. 병세는 악화됐다. 가은이가 졸업한 후에도 나는 혼자 씩씩하게 덕질을 지속했다. 그러나 새로운 제자들에겐 비밀이었다. 20년 전, 나도 god를 주제로 일기를 쓴 적이 있는데, 그때 담임 선생님께서 '선생님도 god 좋아해. 노래가 참 좋더라고'라는 댓글을 써주신 게 떠올랐기 때문이다. 나는 그 후로 담임 선생님을 진심으로 존경하기 시작했다. god를 알아보는 사람이라면 나쁜 사람일 수 없다는 게 이유였다. 같은 논리로 나는 신화 팬을 싫어했다(물론 지금은 아니다). 감히 god를 알아보지 못했다는 게 그들의 죄였다. 열셋의 나에겐 호불호와 선악의 기준이 똑같았다.

내 덕질 소식을 우주미남쓰 팬들에게 알리면 곧장 제자들의 신임을 얻을 수 있을 것 같았다. 그러나 누군가에겐 그 말이 심란하게 들릴 수도 있었다. 아이들에겐 각자의 아이돌이 있을 나이였다. 그래서 덕질을 한다는 것만 밝히고 이외의 이야기는 비밀에 부쳤다. 덕질을 하다 보니 자연스럽게 다른 아이돌에 대한 지식도 쌓여갔고, 일기장에 아이돌 친화적인 댓글을 길게 적어주는 게 가능해졌다. 내가 좋아하는 가수는 아니더라도 '킹콩 진짜 춤 잘 추더라. 어찌나 콩콩거리던지 연말 시상식 보고 깜짝 놀랐어' 정도의 진실성과 구체성을 확보하게 된 거다. 나는 철저히 중립을 지키되 아이들의 일기마다 편파적이었으므로 아이들은 각자 열렬히 환호했다.

그 후에 날 덕질의 세계로 인도한 가은이를 다시 만났다.

"가은아! 선생님 우주미남쓰 콘서트 티켓팅 성공했어! 친구가 도와줘서 겨우 표 하나 구했다? 부럽지?"

나는 철딱서니 없게 제자 앞에서 자랑을 늘어놓았다.

그런데 가은이는 충격적이게도, 일말의 관심도 없단 표정을 하고서는, "에에? 그래요? 쌤, 근데 저 이제 우주미남쓰 탈덕했어요"라고 건조하게 근황을 전했다.

허어, 덕질 이야기에 이렇게 건조한 반응이라니. 내가 피자 얘기를 꺼냈을 때 너도 이런 기분이었겠구나.

가은이는 나에게 배운 역지사지를 내게 다시 가르쳤다. 알고 보니 진짜 참교사는 그 애였다. 나는 그 이후로 아이들의 덕질에 좀 더 열렬하게 반응해 준다. 비록, 언젠가 다른 곳으로 옮겨갈 사랑이라도 말이다.

사실
이 얘기하려고

깐 양파 두 개와 안 깐 양파 네 개의 가격이 비슷하길래 양파를 네 개나 샀다. 필요한 양파는 한 개였으니 나머지 양파들은 어두운 부엌에 그대로 방치됐다. 그리고 2주쯤 흘렀을까, 물을 준 적도, 해를 쬐어준 적도 없는 양파에 새파란 싹이 나더니 저 혼자 무럭무럭 자라기 시작했다. 기가 막혔다. 친구에게 선물 받은 필레아페페 화분은 온갖 사랑과 보살핌에도 창가에서 시들시들 죽어가던 참이었기 때문이다. 나는 생명의 아이러니를 목격할 때마다 삶에서 역경이 얼마나 중요한지 깨닫는다. 이쯤 되면 내가 얼마나 형편없는 식집사인지도 깨달을 만한데 그건 일단 악착같이 외면 중이다.

양파와 필레아페페의 비극을 겪고서도 나는 여전히 식물을 좋아한다. 지독한 짝사랑이다. 그리고 어느 날, 학교로 푸릇푸릇한 모종들이 잔뜩 배송되었다. 실과 시간에 아이들과 키울 식물들이었다. 부장님의 지휘하에 20여 가지의 다양한 모종을 구입했는데, 거기엔 여분도 포함되어 있었으므로 나는 여지없이 신이 났다. 별일이 없다면 여분으로 내 교탁을 장식할 수 있기 때문이었다. 비록 지금까진 초록이의 천적으로 불명예스러운 삶을 살았지만 오늘부터는 진짜, 진짜로 다시 태어나리라. 나는 경건하게 102번째 환생 의식을 마치고 아이들에게 설명도 할 겸, 내가 키울 식물도 고를 겸, 네이버에 식물 이름을 검색해 보기 시작했다. 그러다 우연히 몬스테라의 잎이 찢어지는 이유에 대해 읽게 됐는데, 이게 기가 막힌다.

몬스테라의 상징이라고 할 수 있는 찢어진 잎이, 자기보다 아래에 있는 잎들에게 빛을 나눠주기 위해 생겼다는 거다. 어렸을 때에는 온전한 모습으로 햇빛을 담뿍 받다가 성숙한 후에는 자기 몸을 찢어 아래쪽으로 햇살을 보내고 다음 세대를 키워낸다는데, 아니 세상에 이런 희생버무리떡 같은 생명체가 있다니. 나는 그 이후 몬스테라에게 완전히 마음을 빼앗기고 말았다.

물론 냉정하게 말하자면야 가장 위에 난 잎도, 아래에서 새로 나는 잎도 같은 몸인지라, 위의 잎을 찢어 아래 잎을 먹여살리는 메커니즘은 대충 다음 달에 카드값을 갚을 나를 위해 오늘 치즈 돈가스 대신 기본 돈가스를 시켜 먹는 것과 다를 게 없다. 그러나 잎 하나하나를 별개로 생각한다면 세상에 이런 감동 실화가 없는 거다. 그래서 나는 나의 감동을 뒷받침하기 위해 이파리마다 각각의 이름을 지어주기로 했다.

나는 평소에도 내게 의미가 있는 사물들에게 이름을 붙여주곤 한다. 예컨대 차를 너무 갖고 싶은 나머지 면허를 따기도 전에 냅다 차 이름부터 지어놓는 식이다. 고로 아직 존재하지도 않는 내 차 '띠용이'는 벌써 다섯 살이 되었다. 비염을 독하게 앓아 필수품이 된 두루마리 휴지에도 부지런히 이름 지어주고 있다. 지금 내 옆에 있는 두루마리 휴지는 '뿌꾸'다. 뭔 휴지에 이름씩이나 붙이나 싶겠지만 비염 환자에게 휴지의 역할은 너무나도 막중하여 세상에 이름 하나 정도는 꼭 남겨야 하는 존재다.

그리하여 지금 있는 몬스테라 이파리들의 이름은 각각 피카츄, 파이리, 꼬부기, 고라파덕이다. 이후에 나는 잎들은 이상해풀, 푸린, 파오리, 메타몽의 이름을 부여받게 될 것이다(메타몽의 탄생까지 볼 수 있을진 의문이다). 이 아이들은 지우같이 훌륭한 포켓몬 마스터가 아닌 나를 주인으로 만난 죄로 가끔 고생을 할 것이지만 원래 역경이 없는 삶은 재미가 없는 법이니 괜찮다.

스무 개가 넘는 화분은 교실 창가에 복작복작 늘어서 있고 아이들은 실과 시간마다 손바닥만 한 식물 관찰일지에 그 모습을 담느라 여념이 없다. 물을 줄 땐 흠뻑 주라는 지령을 지키느라 때때로 창틀에 물난리가 나기도 하지만 아직까진 저마다 씩씩하게 크고 있다. 그리고 난 그중에서도 내가 친히 이름 붙인 몬스테라를 관찰하느라 신이 나 있다.

우리 교실에서 새로 태어난 고라파덕은 지난주까지만 해도 잎이 동글동글 말려 있었는데 주말이 지나고 오니 슬슬 납작하게 펴지고 있다. 다들 제 몸을 키우기에 바쁜지 아직 잎이 찢어질 기미는 보이지 않지만, 언젠가는 몬스테라의 상징인 '찢잎'이 생길 것이고, 아무것도 모르는 아이들은 "선생님, 여기 이파리가 찢어졌어요. 죽으려나 봐요"라며 아우성을 칠 것이다.

그러면 나는 다정하게 아이들의 어깨를 붙잡고, "잘 봐. 저건 자기들보다 약한 잎을 잘 키우려고 스스로 찢어진 거란다" 하고 그들의 눈물겨운 희생을 일러줄 것이다. 그리고 이를 좀 악 문 후에, "너희들을 잘 가르치려다 선생님 목이 찢어지는 것과 같은 이치지"라고 말해줘야지.

사실, 이 말 하려고 키우는 거다.

2장

어린이도 한 몫의
인생입니다

울퉁불퉁한 세상을
껴안고 사는 너에게

민건이는 멋대로 뒤흔든 콜라 같았다.

그 애를 잡고 흔드는 건 주로 친구들이었다. 그 애의 속은 늘 부글거렸고, 속내를 틀어막고 있어야 할 뚜껑은 언제나 쉽게 돌아갔으며, 고로 돌아버리겠다고 악다구니를 쓰던 그 애의 말은 정말로, 다 사실이었다.

일단 뚜껑이 돌아가고 나면 분노는 온갖 데로 튀었다. 그 애가 친구들과 자기 자신을 온통 흩트린 후에 우뚝 서서 남은 김을 뿜고 있으면 그 흔적을 벅벅 닦아 없애는 것이 내 몫이었다.

민건이는 게임에서 자기 팀이 질 땐 물론이거니와 친구가 자그마한 실수만 해도 폭발했다. 문제는 그 애를 둘러싼 주변인들이 몽땅 미성숙한 꼬마애들이라는 데 있었다. 살다 보면 때로 자질구레한 손해를 보기도 하고, 원하는 대로 되지 않을 때도 있다는 걸 그 애는 이해하지 못했다. 민건이는 공이 라인을 벗어났는데 내가 보지 못했다는 이유로, 미술 시간에 동그라미가 제대로 그려지지 않는다는 이유로 소리를 지르고 책상을 쾅쾅 쳐댔다. 밥을 먹고 난 에너지는 몽땅 폭발에 써버리는 건지 민건이의 팔다리는 앙상했고, 나에게 눈을 부릅뜨고 악을 쓸 때마다 흰자위는 눈동자를 몽땅 다 감쌀 정도로 넓어졌다. 그 애의 세상은 온종일 시끄러워 보였다.

하루에 얼마쯤은 꼭 그 애와 실랑이를 했다. 언젠가부터 그 애와 입씨름을 하는 시간이 내가 출근을 했다는 증거처럼 느껴졌다. 갈등을 중재하는 나름의 매뉴얼은 그 애 앞에서 무용지물이었다. 무슨 일인지 설명하는 단계에서 이미 그 애는 분을 못 이기고 몸을 가누지 못했다. 그래서 나는 그 애가 속을 다 토해낼 때마다 서둘러 진정시켜야 했고, 그 시간 동안 다른 아이들은 나와 민건이의 눈치를 보며 침묵해야 했다.

학부모 상담 때 민건이 어머님을 뵈었다. 정말 다행스럽게도 어머님은 아이의 문제를 충분히 인지하고 계셨다. 민건이가 누나와 싸울 때마다 나와 같은 과정을 겪고 있으며, 아이가 크면서 아버지도 아이를 통제하기 힘들어한다고 하셨다. 내가 슬쩍슬쩍 학교에서 문제가 될 법한 아이의 행동을 얘기하면, 어머님은 연신 고개를 끄덕이셨다. 상담센터에 오래 다녔는데 크게 나아지는 게 없어 고민이라는 말씀도 덧붙이셨다. 어머님이 아이의 상황을 충분히 인지하고 계셨고, 그것을 해결하기 위해 노력하고 계셨으므로 나는 민건이가 나아질 수 있다는 확신을 가졌다. 그래서 나는 조심스럽게 아이의 정신과 진료를 권했다. 가정에서의 지도도, 학교에서의 교육도, 추가적인 상담까지도 무효하다면 이제는 의학적 접근이 필요한 단계라고 생각했다.

"병원이요?"

어머님은 눈물을 글썽이다 말고는 갑자기 얼어붙은 얼굴로 날 올려다보셨다.

"네, 어머님. 상담이 효과가 없다고도 하셨고, 또 병원에선 학교나 상담센터와는 다른 관점에서 아이를 도울 방법을 찾을 수도 있거든요. 그러니까…".

"선생님. 정신과 약이 아이한테 얼마나 안 좋은지 아세요? 그거 먹으면 애들 밥도 잘 못 먹고요, 하루 종일 병든 닭처럼 기운도 없대요. 전 우리 애한테 약 먹일 생각 없어요."

어머님은 진료를 받아보라는 내 제안을 곧장 약을 먹이라는 말로 치환하셨고 경멸에 찬 눈빛으로 쏘아붙이셨다. 민건이에게서 자주 보던 눈빛이었다. 나는 '약을 먹이라는 말씀이 아니라요'라는 추가적인 설명은 꺼내지도 못했고 상담은 그걸로 끝이었다.

부모님 입장에서야 내 말이, 아이에게 약을 먹여 아이의 생명력을 잠재워버리려는 속셈 정도로 보였을지도 모르겠으나, 나는 그저 그 애의 삶이 너무 힘들어 보였을 뿐이었다. 철없는 또래 친구들은 영문을 모른 채 그걸 받아내고 있었고, 혼자 울퉁불퉁한 지구를 껴안고 세상이 너무 불공평하다며 온종일 뱅뱅 돌고 있는 민건이는 항상 괴로워 보였다. 세상엔 해결하지 못할 문제가 산재해 있는데 만약 민건이의 꼬여버린 마음이 약 몇 알로 나아질 수 있는 거라면, 차라리 다행인 거 아닌가 싶은 게 내 생각이었다. 게다가 내가 정신과 진료를 권유하긴 했지만 나는 의학에 대해 아는 바가 없으니 민건이가 병원에서 어떤 얘기를 들을지 알지 못했다. 약을 먹어야 할지 아닌지조차 아직 모르는 일이었다.

모든 세상이 무너져도 마지막까지 아이를 떠받치고 버틸 부모 입장에서, 믿고 있던(그러고 싶었던) 담임으로부터 그런 말을 듣는 것은 '담임인 나도 무너진 세상의 일부가 되겠다'는 선전포고로 들릴 수 있음을 인정한다. 외면하고 싶었을 현실을 제삼자의 입을 통해 마주하고 나면 왠지 모를 억울함이나 화가 먼저 솟구칠 수 있다. 게다가 만약 그 감정을 애써 누르고 병원에 방문하였는데 혹여나 아이에게 별 문제가 없다는 얘기라도 듣는 날이면 소중한 자식을 '정신병자' 취급한 담임에게 말할 수 없는 배신감을 느끼게 될 거다.

그러므로 이건 교사 입장에서는 딱히 유리할 게 없는 제안이다. 교사로서 학부모가 듣기 싫어하는 말을 꺼내는 건 쉽지 않다. 특히 요즘같이 교사의 권한이 약한 시대에는 더더욱 그렇다. "네, 민건이 가끔 친구들과 다투

긴 하는데, 애들이 그러면서 크는 거죠 뭐, 하하" 하고, 부모님의 신뢰를 등에 업은 채 1년을 생활하는 게 나에겐 훨씬 유리한 카드다.

그러니 교사가 정신과 진료를 입 밖에 낸 것은, 그 모든 후폭풍을 감수하겠다는 의미이기도 하다. '어쩌면 당신 아이에게 아무 문제가 없을 수도 있습니다. 그럴 경우 당신이 저에게 얼마나 화가 나실지 저는 이미 알고 있습니다'라고 적힌 동의서에 지장을 눌러 찍은 것과 다를 바 없다.

부모가 온종일 아이를 밝게 비추고 있다면 교사는 그 뒷면을 본다. 거칠게 표현하자면 그건 부모의 자리에선 절대 볼 수 없는 달의 뒷면 같은 거다. 우리 엄마만 해도 내가 동료 교사들 앞에선 세상 순둥이가 된다는 것을 믿지 못하신다.

가정에서와 사회에서의 모습은 꽤 많은 부분에서 꽤 많이 다르다. 교사는 같은 나이의 아이를 스무 명 이상 모아놓고 그들이 만들어가는 관계와 행동을 본다. 그리고 그 과정에서 한 아이로 인해 교실 안의 모두가 미치기 직전이거나 개성으로 치부하기 어려울 정도로 현저한 특이점이 있을 때, 더불어 교사가 그 아이에게 모종의 애정이 있을 때 할 말을 고르고 골라 입을 연다. 결코 단순히 말썽을 많이 피우거나 말대꾸를 한다고 해서, 그러니까 아이가 너무 아이 같다는 이유만으로 병원 진료를 권하지 않는다. 그러기엔 망가질 수도 있는 학부모와의 관계, 아무 문제도 없을 때 들어야 할 비난 등 떠안아야 할 위험이 너무 크기 때문이다.

그러니 교사로부터 병원 진료를 권유받는다면, 속는 셈 치고 병원에 한번 가보길 바란다. 그곳에서 아이에게 의학적 치료가 필요하다는 소견을 듣는다면 부러진 팔에 깁스를 시키듯 그냥 치료를 시작하면 된다. 만약 아이가 멀쩡하다는 얘길 듣는다면, '이놈의 담임! 틀렸네!'라고 콧방귀를 뀌어주되, 다른 방식으로 문제 행동을 교정해 나가면 된다.

아이는 아직 어리고 모든 권한은 부모에게 있으므로 문제 행동을 대하는 학부모의 태도에 아이의 거의 모든 것이 달려 있다. 부모가 말이 통하지 않는 상대라고 느껴지면 교사는 그 뒤로 곧장 입을 다물어버리는데 그건 양육의 관점에서 결코 유용한 전략이 아니다. 아이의 뒷면이 어떻게 생겼는지 알 수 있는 기회조차 잃어버리기 때문이다.

아직은 어린아이들이지만, 그들의 모든 행동에 '아직 어려서'라는 딱지가 유효한 건 아니다. 아이가 학교 생활에 적응하지 못한다면 차마 무엇이 문제일지 겁이 나서 들춰보고 싶지 않을 뿐이라는 마음을 인정하고 담대하게 문제 상황에 직면해야 한다.

나는 그때 민건이 어머님께 더 이상 아무 말씀도 드리지 못했고, 그 후 학교를 옮겼다. 그리고 몇 년이 지난 어느 날, 그 애가 친구들을 향해 식칼을 들었다는 소문을 들었다.

나는 그 일을 감당해야 할 그 애의 어머니가 가장 먼저 생각났고, 평생 자기 자신을 데리고 살아야 할 민건이가 가여웠으며, 우습게도 그 애가 사회가 견뎌내야 할 어른으로 클까 봐 겁이 났다.

그 애가 더 이상 무너지지 않길 멀리서 빈다.

꽃멍

교실 뒤엔 광활한 초록색의 게시판이 있다. 돌이켜 보면 그 당시 우리 집 책상도 초록색이었고, 자꾸 'black board'라고 우기는 칠판도 사실은 초록색이다. 초록색이 눈의 피로를 덜어준다고 하니, 그건 TV를 코앞에서 보던 내 시력도 잡아 끌어올려줄 영검한 색깔이다.

그러나 인테리어를 하려는 입장에선 좀 난감한 색깔이다. 어쩜 교실 게시판의 초록색은 바래지도 않을까. 갈매색 정도만 되었어도 북유럽 모-던 인테리어에 도전해 볼 텐데. 그러나 교실 유리창의 햇볕 차단 능력이 보통이 아닌 건지, 초록 게시판의 원료가 선크림이라도 되는 건지, 깨끗한 여름을 닮은 그 초록색은 몇 년이 지나도록 그대로라 나는 초등학생의 감성에 딱 맞는 명랑 인테리어를 할 수밖에 없다.

　내가 교실 게시판을 인테리어 업자의 눈으로 바라보기 시작한 건 중3 즈음부터다. 누군가 날 반장 후보로 추천하는 바람에, 나는 그해 반장 선거에 강제로 출마하게 되었다.

　"선생님, 저 반장 선거 나가기 싫은데요…"

　그러나 선생님은 내 말을 가뿐히 무시하셨고 나는 팔자에도 없는 반장 소견 발표까지 하게 됐다. 난 쭈뼛쭈뼛 앞으로 나가서 "안녕하세요. 저는 반장이 되고 싶은 생각이 없습니다. 감사합니다." 뭐 이런 식의 짧은 인사말을 하고 자리에 들어와 앉았다. 반장 선거에선 당연히 떨어졌고, 난 괜히 망신을 당한 것 같아 좀 분해하며 앉아 있었는데, 담임 선생님은 열이 식지도 않은 날 미화부장 자리에 앉히셨다. 그마저도 날벼락이었다.

　내 뚱한 표정을 눈치채셨는지, 선생님은 다행히 내가 비빌 언덕을 마련해 주셨다. 다른 부서와 달리 미화부원은 적성을 고려하여 배치된 거다. 미술 학원에 다니고,

미대 진학을 꿈꾸고, 그림을 좀 그린다 하는 친구들이 모두 미화부에 모였다. 그리고 우리에겐 교실 게시판을 꾸미라는 특명이 내려졌다. 그중에서도 규민이는 미적 감각이 아주 뛰어났다. 우린 그 애의 지휘하에 그 답 없는 초록색 게시판을 꾸미기 시작했다. 새까만 우드락 판을 몇 개 준비해서, 판마다 주제를 잡고 꾸미는 걸로 협의를 보았다.

그건 아주 신나는 일이었다. 우린 창밖이 어두워질 때까지 게시판을 꾸미느라 여념이 없었다. 하교 후엔 동네 도매 문구점을 드나들었다. 잠깐씩 교실에 들르는 담임 선생님은 우리에게 자장면을 사주셨다. 미술을 잘하는 부원들의 맹활약으로 우린 정말 끝내주게 멋진 게시판을 완성해 냈다. 반 아이들부터 다른 반 선생님들까지 모두가 엄지를 치켜세웠고, 난 틈만 나면 그 게시판을 구경하러 교실 뒤를 어슬렁거렸다. 그건 내가 살면서 이뤄낸 예술 관련 업적 중 가장 위대한 것이었다.

그러나 이젠 함께 아이디어를 낼 규민이와 친구들도 없이, 교실 게시판은 오롯이 내 몫이 되었다. 교대에 다니던 시절 미술만은 꿋꿋하게 C⁺를 받던 솜씨로. 그러나 다행히, 타고난 손방인 나와 달리 교직엔 능력자가 많다. 측은지심마저 갖춘 선생님들은 저마다 시대와 계절과 감성까지 고려한 게시판 자료들을 만들고 일목요연하게 정리하여 업로드해 주신다. 내가 할 일이라곤 그중 마음에 드는 걸 뽑아 조합하는 게 전부였다. 역시 죽으란 법은 없다.

첫 담임을 맡게 되었을 때, 난 학기초부터 게시판에 붙일 안내판 양식과 학급 슬로건을 그리고 오리고 붙이며 난리를 피웠다. 그 모습을 보신 교감 선생님께선 "이 선생, 지금 그거 할 때가 아니야. 교육과정 짜야지…" 하며 날 안타깝게 바라보셨다. 그러나 그때 정성스럽게 만들었던 게시판 세트는 그 후로 내리 7년간 온 교실을 오가며 맹활약했으니 그때 그 가위질은 충분히 가치 있는 일이었다.

교실마다 청소 상태가 다른 것처럼, 게시판의 상태도 다르다. 어떤 선생님은 번호 순으로 정렬된 작품꽂이에 작품을 수시로 덧대어 끼우며, 학습 결과물 전시장으로 톡톡히 활용하시는 반면, 어떤 선생님들은 한 가지 작품을 쭉 게시해 놓으시기도 한다. 나는 철마다 날을 잡아 영혼을 갈아 넣어 게시판을 꾸민다. 봄엔 꽃, 여름엔 고래, 겨울엔 벽난로와 눈송이가 기본 콘셉트다. 다행히 첫 담임을 할 때 대부분의 틀을 잡아두어 이제 노동력을 별로 투입하지 않아도 그럴듯한 게시판이 완성된다. 이건 비밀인데, 사실 교실 뒤쪽 게시판을 그렇게 예쁘게 꾸미고 나면 가장 눈호강을 하는 사람은 나다. 교탁 앞에 설 때마다 시야에 들어오기 때문이다. 그러니 게시판 꾸미기에 심력을 쏟는 건 내가 챙기는 나의 복지인 셈이다.

그해 봄엔 처음으로 벚꽃 게시판을 콘셉트로 정했다. 교사 커뮤니티에서 벚꽃송이를 만드는 법을 찾아낸 덕이었다. 아침 자습 시간과 쉬는 시간에 할 일이 없다고 주장하는 몇몇 아이들의 손을 빌려 크기별로 벚꽃송이를 만들었다. 그리고 아이들이 영어 수업을 들으러 간 사이, 난 혼자 그걸 공들여 붙였다. 3교시의 끝을 알리는 종소리가 들리고, 곧 아이들이 교실로 돌아왔다. 몇몇 아이들은 게시판 앞에서 혼자 용을 쓰고 있는 날 발견하고 다가왔다.

"우와! 선생님, 이거 뭐예요? 벚꽃이에요?"

예은이가 내 곁에 바짝 다가와 물었다.

"응. 아까 친구들이랑 만들던 거. 예쁘지?"

"네! 선생님 벚꽃 좋아하세요?"

"그럼, 좋아하지. 예은이도 좋아해?"

"음… 네!"

예은이는 왜인지 곰곰이 생각하다가 명쾌하게 대답했다.

게시판은 만개한 벚꽃송이로 가득 찼다. 꽃 사이 사이에 아이들의 미술 작품이 자리했다. 그리고 얼마 지나지 않아, 정말로 벚꽃이 폈다. 4월이었다. 생각해 보면 벚꽃을 제대로 즐긴 적이 거의 없었다. 어렸을 땐 벚꽃이 예쁜 줄 몰랐고, 대학생 땐 늘 시험 기간이었다. 겨우 발령이 나고 나선 같이 갈 사람이 없어서, 대학원에 다니느라, 하여튼 갖가지 핑계로 그랬다.

그해도 별다를 게 없었다. 폭풍 같은 3월을 겨우 지나보내고, 이제 학부모 상담 주간과 공개 수업으로 바쁜 4월이 된 거다. 3월이 지나면서 아이들은 개구리처럼 튀기 시작했다. 그날도 규칙 밖으로 튀어나가려는 아이들을 정돈시키며 온종일 진을 빼다가, 아이들을 보내고 나니 회의까지 두 시간 남짓 남았다. 그 안에 자질구레한 행정 업무와 다음 날 수업 준비를 모두 마쳐야만 제시간에 퇴근을 할 수 있을 거였다. 창밖에 흩날리는 것들을 깨달을 틈도 없이 컴퓨터 앞에 앉아 지도서를 뒤적였다. 얼마 지나지 않아 누군가 노크를 했다.

"선생님!"

집으로 돌아간 줄 알았던 예은이와 소민이였다. 몸통보다 큰 가방을 메고서 문을 열어젖힌 두 아이의 볼은 상기되어 있었다.

"어? 뭐 두고 갔어?"

"헤헤, 아니요."

예은이와 소민이는 방긋이 웃으며 나에게 다가오더니 불쑥 뭔가를 내밀었다. 물이 반쯤 차 있는 500밀리리터짜리 플라스틱 생수병이었다.

"선생님! 선물이에요!"

예은이가 건넨 생수병 속에는 분홍색 꽃송이가 동동 떠 있었다. 꽃송이를 하나하나 물병에 넣어 온 거다. 세상에, 예뻐라. 그러나 나는 그걸 보자마자 멋없는 질문부터 해버렸다.

"어, 이거 꽃 꺾은 거야?"

아차, 고맙단 말부터 해야 했는데. 그러나 변명을 하자면 그건 그야말로 어쩔 수 없는 직업병이었다. 꽃송이가 너무 온전하고 예뻤던 거다. 곧바로 머리가 지끈거렸다. 꺾었다는 대답을 듣는 즉시 교사로서 그 애에게 전할 가르침 스물여섯 마디가 곧장 떠올랐다. 여차하면 날숨 한 번에 그걸 몽땅 내뱉을 수도 있었다.

내 말이 끝나자마자 그 애의 통통한 볼을 밀어올리고 있던 입꼬리가 툭, 떨어졌다.

"아뇨, 요기 학교 앞에서 주웠어요. 통째로 떨어져 있길래⋯."

예은이는 애써 준비한 선물에 내가 냅다 취조부터 하는 걸 보고 말끝을 흐렸다.

"아, 그랬어? 꽃송이가 너무 크고 예뻐서, 혹시나 했어. 세상에! 이거 선생님 주려고 다시 4층까지 올라온 거야?"

난 그제서야 헐레벌떡 감동한 목소리로 말했다.

"네! 일부러 예쁜 꽃만 골랐어요. 히히."

소민이가 옆에서 신나게 거들었다.

길거리에 떨어진 꽃송이를 보고 떠올린 게 나였다니, 난 그 애들이 쭈그려 앉아 정성 들여 골랐다는 꽃송이의 면면이 그제야 눈에 들어왔다.

"우와, 감동이다! 올해 봄꽃 제대로 보지도 못했는데 예은이랑 소민이 덕분에 꽃구경하네!"

예은이와 소민이는 다시 "헤헤" 하고 웃었고, 별다른 말도 없이 "선생님, 그럼 저희 가볼게요! 안녕히 계세요!" 하며 바쁘게 교실을 나갔다.

예은이와 소민이를 보내고, 난 의자를 뒤로 쭉 젖히고 그 생수병을 한참 쳐다봤다. 흩날리는 봄꽃을 맞아본 적은 있으나 꽃술이 몇 개나 달렸는지, 꽃잎은 어떻게 생겼는지 그렇게 열심히 관찰한 건 그날이 처음이었다. 물멍도 불멍도 아닌 꽃멍을 즐기느라 좀 게으름을 피운 죄로, 그날 난 제시간에 퇴근하지 못했다. 아무렇지 않았다. 그건 봄값이었다. 누군가 날 위해 송이씩 주워다 준 봄.

100점을 못 받은 어린이가
포기해야 하는 것

어렸을 때 학습지 가정 방문 교육을 받았다. 그건 공기놀이나 옥상 탈출보다 훨씬 재미가 없었다. 게다가 나는 몇 달간의 경험 끝에 선생님이 친절하시다는 걸 눈치채버렸다. 내 긴장감은 완전히 증발했고, 어느 날엔 학습지를 미루고 미루다가 선생님이 오시기 직전에 답지를 몽땅 베끼기에 이르렀다. 엄마는 6일간 잔소리를 해도 듣지 않던 딸이 단숨에 일주일 치 학습지를 풀어버린 걸 보고 단번에 이상함을 감지하셨다.

"답지 보고 풀었어?"

"아니?"

"근데 왜 푼 흔적이 하나도 없어?"

엄마는 가여운 딸을 사지로 몰기 시작했다. 그때라도 순순히 내 죄를 고했다면 괜찮았으련만, 나는 흔들바위 같은 돌머리를 한 번 더 굴려서 기어이 사달을 냈다.

"연습장에 풀었어."

"그럼 연습장 가져와."

아, 우리 엄마는 그때, 도대체 왜, 그저 공부도, 혼나기도 싫었을 뿐인 딸의 마음을 읽어주지 않았을까. 그러나 그 시절엔 마음 읽어주기보다 잘못을 몽둥이로 교정하는 훈육법이 좀 더 핫했다. 그리고 나는 안타깝게도 그 시절 훈육법의 트렌드를 몰랐기에 "연습장 버렸는데?"라는 최후의 한 방을 날렸다. 그건 엄마가 빗자루로 내 엉덩이를 터뜨려도 좋다는 선언이었다. 그래도 키운 정이 있어서인지 엄마는 나에게 한 번 더 기회를 주셨다 (혹은 덫을 놓으셨다).

"쓰레기통 뒤져서 연습장 찾아와."

문제를 푼 적이 없으니 쓰레기통엔 쭈쭈바 껍질뿐 연습장이 있을 리 만무했다. 그래도 나는 적당한 선에서 멈출 줄 아는 어린이였으므로 "헉! 연습장이 쭈쭈바 껍질로 변신했나 봐" 같은 최악의 변명만큼은 꾹 참았고,

그쯤에서 겸허하게 내 운명을 받아들였다. 엄마가 증거주의를 채택한 탓에 나는 빗자루로 볼기짝과 허벅지 언저리를 신나게 얻어 맞았고, 침대에 머리를 박은 채 한참을 들썩거렸다. 엄마는 언제나처럼 내가 혼자 숨을 다고를 때까지 날 들여다보지 않았다. 그리고 우는 것도 지칠 때쯤 흰 우유를 갖다 주셨다. 엄마의 유구한 종전선언 방식이었다.

"잘못할 수 있어. 근데 거짓말은 하면 안 되는 거야."

엄마의 목소리가 섭씨 36도쯤으로 따뜻해진 것을 확인한 후엔, 마음 놓고 엄마의 가슴팍에 안겨 참회의 시간을 보냈다. 난 학교에서 '정직'을 가르칠 때마다 이 얘기를 무용담처럼 말해 주곤 하는데 아이들은 저마다 비슷한 경험을 내보이느라 정신이 없다.

중학생이 된 후부턴 내 뒤에 숫자가 붙기 시작했다. 엄마의 참교육 이후로 함부로 답지를 베끼지 않은 덕인지, 성적은 계속해서 올랐다. 나도 그게 좋았다. 그러나 나는 곧 세상을 46도쯤 비뚤게 바라보기 시작했다.『죽은 시인의 사회』를 읽고 나서부터였다. 그러나 입장 정리를 제대로 못한 나는, 말은 싫다고 하면서도 순순히 성적순의 사회에 적응했다. 고등학생 땐 시험을 잘 쳐놓고도, 아는 걸 틀렸다는 이유로 책상에 엎드려 울었다. 오랜만에 만난 고등학교 동창의 전언에 따르면, 어느 날엔 내가 성적이 떨어졌다며 급식도 안 먹었다고 한다. (도대체 왜?) 난 그 일이 기억도 나지 않는데, 그게 진짜라면 나는 진짜 진짜 재수없는 학우였단 생각이 든다.

부모님은 내가 중학생이 된 이후로는 한 번도 내 학업에 간섭하신 적이 없었지만, 나는 누구보다도 성적을 중시했고 그러면서도 이 획일적인 시스템에 분노했다. 내가 선생이 되면 내 학생들만큼은 성적의 압박에서 벗어나게 하겠노라고, 나는 항상 생각했다.

그리고 내가 공부를 하던 시절을 훨씬 지난 지금에도, 아이들은 성적에 관심이 많다. 자기 위치를 확인하려는 건 인간의 본능일까, 우리 사회의 특수성일까. 단원 평가를 볼 때마다 아이들은 언제 점수를 알려주냐며 날 들들 볶는다. 내가 "오호, 너희는 시험 치는 게 되게 좋나 보구나? 맨날 시험 쳐야겠네"라고 반색하면 아이들은 "으아~! 싫어요오오~!!" 하고 말꼬리를 잡아끌면서도, 매 시험이 끝날 때마다 기대에 찬 눈빛으로 같은 질문을 반복한다.

시험지를 돌려주면, 아이들은 뭘 틀렸는지 살펴보는 게 아니라 "아, 두 개 틀렸어!" 하며 비명부터 빽 지른다. 난 일부러 점수조차 적어주지 않지만, 점수 계산을 못하는 아이들은 꼭 나한테 와서, "선생님, 저 그래서 몇 점이에요?" 하고 묻는다. 몇 점을 넘으면 부모님이 뭘 사주기로 했다는 공약은 집집마다 다르지만 집집마다 있는 모양이었다.

"얘들아. 시험은 너희가 내용을 얼마나 잘 이해하고 있는지 확인하려고 보는 거야. 처음부터 다 이해해서 100점을 받든, 50점을 받았다가 다시 공부해서 모든 걸 이해하든 똑같아. 시험은 공부한 과정을 확인하는 방법일 뿐이니 당장의 점수에 너무 기뻐하거나 슬퍼하지 마."

나는 틈만 나면 저 레퍼토리를 서른 가지 버전으로 바꿔가며 설명했다. 그러나 아이들은 대부분 그 말을 이해하지 못했다. 열여덟의 나도 이해하지 못했을 거다. 그리고, 부모님들도 잘 이해하지 못하셨다.

우리 반 희수는 의욕적이고 발랄했다. 아이들이 슬슬 선생님으로부터 멀어지고 자기들끼리 무리를 짓기 시작하는 나이에도 여전히 담임인 나를 졸졸 따랐다. 나는 그게 걱정스러웠다. 선생님한테 칭찬받을 일만 하는 아이가 또래로부터 외면받는 시기가 있기 때문이다. 미묘하게, 희수는 또래로부터 살짝 멀어졌다. 불행인지 다행인지 희수는 그 불편한 기류를 눈치채지 못했고 학교 생활은 언제나 열심이었다.

어느 날엔 수학 단원평가를 쳤다. 희수는 공부를 잘하진 못했다. 모르는 문제가 있으면 날 붙잡고 끈덕지게 이해하려고 노력했으나, 아무래도 어려운 모양이었다. 그러나 모든 사람이 공부를 잘할 순 없었고 그래야 할 이유도 없었다. 만약 길 찾기나 운동, 댄스, 가창이 수능 과목이었으면 난 진작 9등급을 얻어맞았을 거였다. 마침 사회의 줄세우기 기준이 운좋게 내가 잘하는 것과 일치했을 뿐, 각자가 잘하는 건 모두 달랐고 당연하게도 그래야만 했다.

그날도 희수는 조금 아쉬운 성적을 받아들었고, 아이들은 하교했다. 얼마 뒤 고요한 교실에서 일을 하고 있는데 교실 밖에서 인기척이 느껴졌다. 누군가의 정수리가 앞문의 유리창을 요리조리 횡단했다. 나는 몸을 일으켜 앞문 쪽으로 걸어갔고, 문을 벌컥 열었다. 희수였다.

희수는 울고 있었다.

"희수야! 왜 그래? 무슨 일 있어?"

희수는 그 자리에 서서 눈물을 쏟았다.

"선생님, 엄마가, 어, 엄마가…."

그 애는 날숨을 잃어버리고 꺽꺽거리며 엉망진창으로 숨을 들이쉬기만 했다.

"희수야, 세수하고 와. 좀 그치고 얘기하자."

희수는 고개를 끄덕이며 화장실로 갔고, 곧 발갛고 축축한 얼굴로 돌아와 내게 말했다.

"엄마가, 100점도 못 받으면서 회장은 뭐하러 하냐고, 그, 그딴 거… 다 그, 그만, 두래, 요."

말을 다 끝마치기도 전에 희수는 다시 울었다. 100점을 못 받을 거면 회장직을 그만두라니. 곧 학부모 상담 때 만났던 그 애의 어머니가 떠올랐다. 깔끔한 정장을 입고 내게 깍듯이 예의를 갖추셨던, 아주 상식적인 보통의 사람이었다. 희수가 들었다는 그 말을 진짜 하셨을지도 의심스러울 지경이었다. 그러나 아이가 지어낼 만한 말도 아니었다.

부모와 나의 교육관이 다를 때 어떤 입장을 취해야 하는 건지 고민스러웠다. 어차피 친권을 가진 사람은 부모 쪽이었다. '그 말은 다 거짓이며, 성적은 하나도 중요하지 않다'는 말을 함부로 내뱉을 순 없었다. 사실 사회의 시스템은 그때나 지금이나 크게 달라진 게 없고, 이 사회에서 평범한 사람이 더 넓은 직업 선택권을 가지려면 아무래도 공부 정도는 잘해 놓는 게 보다 유리하긴 했다. 그러나 동시에, 수학 문제를 다 맞히지 못할 거면 회장 따위도 다 그만두어야 한다는 말엔 동의할 수 없었다. 학급 회장직을 수행하는 데 수학 시험 점수가 도대체 무슨 소용이란 말인가. 그 애는 학급 회장으로서 충분히 제 할 일을 다 해내고 있었다.

나는 세상에서 가장 사랑하는 사람에게 그런 말을 듣고서 울면서 학교까지 걸어왔을 희수가 너무 가여워서 그 애 어깨를 한참이나 토닥였다.

나는 어렸을 때 학습지의 답지를 베끼고서 엄마의 야

단을 피하기 위해 했던 거짓말 한마디 한마디, 궁지로 몰리면서 정신없이 빨라지던 심장 박동, 내가 울던 방의 구조, 그때 내가 느낀 감정과 배운 바를 아직도 기억한다. 엄마한테 맞던 순간보다, 거짓말이 점점 커지던 그 순간이 더 공포스러웠다. 그때 궁지로 몰려봤기에, 나는 잘못을 하고 나면 일이 커지기 전에 먼저 자수하는 조심성 많은 어른이 됐다. 어떤 순간은 시간이 지나도 좀처럼 잊을 수가 없다.

그래서 나는 희수가 혹시라도 그날을 오래도록 기억할까 봐 걱정스럽다. 그것도 분명 부모의 사랑이었을 테지만 그 애가 자기 스스로 어찌할 수 없는 일로 비난받던 순간은 기억에서 흩어지길 바란다. 그리고 어쨌거나 가족만큼은, 세상 일이 내 맘대로 되지 않을 때 울며 기댈 최후의 품으로 남아주길, 나는 바란다.

그저 그런
선생님

열 살에 처음 만나 어느덧 수험생이 된 제자들에게 연락이 왔다.

그 애들은 내 첫 제자들이었다. 그 애들을 고작 한 학년 위로 보내는 날, 그러니까 앞으로도 복도를 오가며 마주칠 날들이 촘촘히 남은 순간에 난 교실에서 혼자 찔찔 눈물을 짰었다.

이든이의 키는 180센티미터를 넘어버렸고 수빈이와 희연이의 볼은 여전히 통통했다. 그리고 난 그 애들의 거의 모든 걸 기억하고 있었다.

"수빈이는 일기에 맨날 레드벨벳 얘기 썼었잖아."

"헐, 그걸 기억하세요?"

"그럼. 일기 쓸 때 공책 꽉 채워 쓰라고 해도 꼭 양옆에 여백 잔뜩 남기고 가운데만 써서 선생님이 맨날 잔소리했잖아. 글씨도 엄청 크게 쓰고."

"오, 맞아요. 저 지금도 악필이라서 글씨 엄청 크고 못생겼어요. 엄마가 맨날 뭐라고 해요."

수빈이는 킬킬댔다.

이든이는 콜라를 세 캔이나 마셨다. 희연이는 선생님이 부담되실 테니 그만 먹으라고 타박을 했고, 난 멋쩍어하는 이든이 대신 음료를 더 주문했다. 숟가락을 주먹으로 잡고, 고개를 푹 숙인 채 농번기를 맞이한 돌쇠처럼 급식을 퍼먹던 이든이가 떠올랐다.

이든이를 보며 혀를 끌끌 차던 희연이는 갑자기 고개를 돌려 날 보더니 말했다.

"선생님, 그때 교실카페 하셨잖아요."

교실카페는 상담 활동이었다. 난 방과 후에 아이들에게 핫초코를 타 주며 이런저런 이야기를 나눴었다.

"그게 기억나?"

"에이, 당연하죠. 엄청 재밌었는데. 근데 선생님은 그거 왜 하셨어요? 다른 선생님들은 안 하시던데."

교실카페는 내 신념과 열정의 집약체였다. 난 아이들의 삶 깊숙이, 좋은 영향을 미치고 싶다는 생각으로 그 활동을 지속했었다. 어렸을 때 선생님과 말 몇 마디 제대로 나누지 못했던 내가, 교사가 된 후 깔아놓은 멍석이었다.

"너희랑 얘기하고 싶어서 그랬지."

나는 간결하게 대답했다. 모든 거창했던 신념은 무너진 지 오래였다. 의미를 찾다 무너져가는 동료들을 보며 난 이제 그저 무탈한 하루를 소망한다. 모난 돌은 정을 맞으니 거추장스러운 가치는 깎아내는 게 안전했다.

"교실카페 아직도 하세요?"

"아니, 이제 안 해."

순간 이제 한껏 둥글어진 교직관이 내 속 어딘가를 뾰족하게 찔렀다.

좀 서글펐다.

"에? 안 하세요? 에이, 걔네는 아쉽겠다."

이든이는 부지런히 젓가락질을 하며 대꾸했다.

이제 그런 노력을 하지 않게 된 이유가 자꾸 떠올랐다. 희연이는 모든 걸 짐작한다는 듯 다음 말을 꺼냈다.

"선생님은 괜찮으세요? 요즘 선생님들 많이 힘들어 보이던데…"

수빈이는 속도 없이 쩝쩝거리며 덧붙였다.

"이든이네 학교에서도 어떤 애가 선생님 때려서 전학 갔대요. 선생님은 왜 선생님 되신 거예요? 제 주변엔 선생님 하겠단 애들 한 명도 없어요."

"그래? 다행이다."

나도 모르게 다행이란 말이 튀어나왔다. 돌이켜 생각해도 더 나은 대답은 생각나지 않는다.

"아직 다들 그 동네에 살고 있어? 부모님들도 안녕하시지?"

우울한 얘기를 하기 싫어 화제를 돌리자, 희연이는 날 가만히 응시하더니 말했다.

"선생님, 그때 제가 선생님한테 고민 얘기했던 거 기억하세요?"

희연이는 가족 일로 많이 힘들어했었다. 난 그 애가 너무 위태로워 보여 방과 후마다 그 애를 앉혀두고 그 애의 얘기를 들었었다.

"그럼, 기억나지. 요즘은 어때?"

말이 끝나기 무섭게 희연이 눈이 축축해졌다.

"아, 불편하면 말 안 해도 돼. 그냥 한 말이야."

친구들 앞에서 말을 꺼내는 게 힘겨워 보여 난 곧장 손사래를 쳤다.

"저희도 얼마 전에 들어서 다 알아요."

수빈이가 대수롭지 않다는 듯 거들었다.

"선생님, 저 진짜 많이 힘들었거든요. 나이는 어렸어도 그때가 제 인생의 바닥이라고 생각했어요. 근데 선생님이랑 얘기하면서 힘이 많이 됐어요. 진짜 감사했다고 꼭 말씀드리고 싶었어요."

희연이는 휴지로 눈앞머리를 꾹꾹 누르며 말했다.

우린 그날 과거를 헤집고 현재를 묻고 미래를 떠들어 댔고, "선생님, 저희 곧 성인 되니까 돈 벌어서 술 사드릴게요!" 하는 아이들의 앙큼한 제안을 마지막으로 손을 흔들며 헤어졌다.

그 애들은 그날, 내가 좋은 선생님이라고 했다. 집으로 가는 내내 마음이 엉킨 건 그 말 때문이었다.

나는 언제까지 좋은 선생님이었고, 언제부터 그저 그

런 선생이 됐을까.

굳이 애써서 더 가르치고, 진심을 담아 잔소리하고, 서툴게 뭔가를 시도하고, 실패하고, 때론 야단치고 다독이면서 뭉텅이진 마음을 내어줬던 그 애들은 내 소멸된 열정의 목격자이자 증인이었다.

그래도 그 시간이 그렇게까지 쓸모없진 않았나 보다, 하고 나는 코를 훌쩍거리면서 남은 밤길을 마저 걸었다.

님아, 그 선을
넘지 좀 마오

　세상엔 내 맘에 쏙 드는 사람보다 그렇지 않은 인간
이 더 많다. 어렸을 땐 그 애들에게 "절교하자"를 외치고
고개를 픽 돌리는 것으로 깔끔하게 관계를 매듭지을 수
있었으나, 나이가 들어갈수록 상황이 그렇게 쉽지만은
않다. 끊어낸 사람을 어디서 어떤 인연으로 다시 만날지
모르고, 그들이 무슨 말을 어떻게 옮길지도 알 수 없기
때문이다. 철천지원수를 만드는 데에도 신중을 기하는
어른들의 관계는 그러므로 대체로 밋밋하다. 속으로야
'아! 저 미친 놈'을 외치더라도 겉으로는 충실하게 인사
를 나누는 식이다. 입꼬리는 올리되 눈은 웃지 않는 기
묘한 표정을 지으며.

그러나 아이들은 사람을 끊어내고 그 후폭풍을 감당하는 수고를 마다하지 않는다. 친구의 말 한마디에 눈을 흘기다가 눈동자가 관자놀이에서 발견되기도 하고, "선생님, 쟤가요", "아니, 니가 먼저 했잖아" 하며 피가 날 때까지 서로의 허물을 들추기도 한다. 손절을 선언할 기운마저 바닥난 내 입장에서 보자면, 아이들이 투닥거리며 서툴게 관계를 정리해 나가는 모습은 보기만 해도 피곤하다. '왜 저렇게까지 시비를 걸지? 싫으면 그냥 신경 안쓰면 되는 거 아닌가?' 난 그 소모적인 분쟁들을 해결할 때마다 초점을 아무 데나 널어두고 생각한다. 그러나 그건 어릴 때의 기억을 홀랑 지운 천진난만한 어른의 시각일 뿐, 아이들은 힘이 넘치고 별게 다 쉽다.

단아와 세희도 그랬다. 그 애들은 같은 아파트 단지에 살며 등교도 같이 하고 학원도 같이 다니는 '찐친'이었다. 단아와 세희의 어머니들도 자녀를 통해 (혹은 자녀를 위하는 마음으로) 친해졌다. 학기 초부터 단아 어머니를 필두로 학부모 모임이 만들어진 모양이었다. 그 모임엔 여럿이 있었으나, 두 가족은 따로 캠핑을 즐기기도 하고 함께 주말 나들이를 다니기도 했다.

그런데 여름방학이 지나고부터 둘은 따로 등교하기 시작했다. 혼자 온 세희에게 "세희야, 안녕! 어? 단아는 같이 안 왔어?" 하고 대수롭지 않게 물었을 때 세희가 어색한 표정을 짓는 걸 보니, 무슨 사달이 난 모양이었다. 그리고 며칠 뒤 세희는 내게, 단아와의 사이가 예전과 같지 않다는 말을 전했다. 다음 날 따로 물어보니 단아도 그에 동의했다. 그러나 모든 사건은 학교 밖에서 벌어진 상태였고, 그 애들이 내게 전하는 말은 각자에게 유리하게 편집되어 있었다. 난 그 상황에 있지 않았기에 100%의 진실은 알 수 없었다.

적당히 걸러 들어가며 두 아이의 말을 조합해 보니, 서로 의도치 않게 가해를 하고 원치 않는 피해를 입은 흔한 갈등 상황이었다. 알고 보니 둘 사이엔 이미 감정 상할 일들이 몇 차례 생긴 후였다. 그 애들은 기특하게도 그걸 봉합해 보려 했으나 결국 실패한 모양이었다. 세희와 단아는 더 이상의 관계 회복을 원치 않았다. 애초에 세희가 내게 얘길 꺼낸 것도, 단아와 가까이하고 싶지 않으니 그리 알아두시라는 통보에 가까웠다. 그리고 마침 그 일 직후엔 2학기 학부모 상담이 예정되어 있었다. 두 아이의 부모님은 내가 말을 꺼내기도 전에 그 얘길 꺼내셨다. 마찬가지로, 서로 부딪히지 않고 남은 기간 동안 지내길 바란다는 거였다.

같은 학급에서 1년이나 함께 생활한다는 건 우연을 넘어서는 인연이지만, 그 인연이 꼭 우정의 형태일 필요는 없었다. 다행히 일방적 괴롭힘이 아닌 단순 갈등이었고, 다른 아이들과 엮인 문제도 아니었다. 그 애들은 여러 노력 끝에 관계의 종말을 선택하였으므로 나는 번번이 무너졌던 그 관계를 억지로 이어 붙일 생각이 없었다. 다만, 표면적으로라도 관계 정리를 해두는 걸 추천했다. '우린 이제 찐친이 될 순 없겠지만, 그래도 교실에서 마주치면 인사 정도는 하자' 선에서 합의를 보길 바란 거다. 그러나 그 애들은 내 제안에 동의하지 않았다. 선택은 각자의 몫이지만 앞으로의 학교 생활에서 서로를 마주할 일들이 계속 생길 것이며 그때의 불편한 감정과 상황은 감수해야 할 거라는 사실을 나는 친절히 안내했다.

이후에도 사소한 문제는 잔불처럼 지속됐다. 째려보

앉다거나 어깨를 살짝 쳤다거나 SNS로 주어 없이 욕을 했다거나 하는, 그 나이대 아이들의 미묘한 감정 표출이었다. 둘은 계속해서 서로의 도발을 포착했고, 동시에 모든 게 우연이라고 주장했다. 그 애들은 문제가 생길 때마다 내게 도움을 요청했으므로 난 양쪽을 오가며 상황을 파악하고 해결을 돕느라 분주해졌다.

또 다른 문제도 있었다. 교실은 둘만의 공간이 아니었던 것이다. 나는 단아와 세희에게 서로의 흉을 보거나, 친구들을 가려 사귀면서 학급의 교우관계를 흐트리지 말 것을 여러 번 당부하였다. 두 아이는 고개를 끄덕이며 그럴 일은 없을 거라고 입다짐을 했다.

그러나 둘의 문제는 기어코 학급 전체로 퍼지고 말았다. 둘 사이의 불편한 기류를 읽은 아이들이 늘어났고, 세희와 단아는 새 친구들에게 서로가 왜 멀어지게 되었는지 설명하기 시작했다. 물론 그 설명은 절반의 진실만 담보했을 거였다. 그 비밀을 들은 학급 아이들은 저마다 입장 정리를 해야 했다. 세희와 단아의 입장에서, 상대방이 얼마나 나쁜 애인지 말을 해줬는데도 그 애와 친하게 지낸다는 건 말하자면 배신이었다. 그저 다 같이 놀고 싶었을 뿐인 학급 아이들의 처지도 난감해졌다. 그러나 진짜 난감해진 건 나였다. 상담을 해야 할 아이가 네 배로 늘어난 거다.

"선생님, 전 단아랑도 놀고 싶은데 세희 말로는 단아가 진짜 나쁜 애래요."

소윤이는 매번 날 붙잡고 이 상황을 알려주었다. 상담을 하느라 일과 시간보다 하교 후가 더 바빠졌다.

"단아가 어떤 아이인지는 네가 직접 겪어보고 판단해야 하는 거야. 네가 볼 때 단아는 어떤데?"

"음, 단아는 좋은 친구 같아요."

"네가 판단하기에 그렇다면 사이좋게 지내면 되잖아. 단아를 멀리할 이유가 있어?"

난 아이들이 둘의 관계로 휘청이는 걸 막으려 사력을 다했다. 아이들은 알 듯 말 듯한 표정을 지어댔다. 머리론 알겠는데 실천은 어려워 보였다. 교실 내의 관계는 얽히고설키며 영향을 주고받을 수밖에 없으니 당연했다. 그러던 어느 날, 소윤이는 말을 빙빙 돌리다 말고 속내를 털어놓았다.

"사실 저는 단아랑도 놀고 싶은데, 단아랑 놀면 세희

가 다른 친구들한테 제 욕도 할 것 같아서 무서워요. 세희랑도 계속 친하게 지내고 싶거든요."

그건 고학년 담임이 될 때마다 직관하는 아이들의 고질적인 교우 관계 문제였다. 난 단아와 세희 중 한 친구를 선택할 필요도, 그 애들의 눈치를 볼 필요도 없단 것을 끊임없이 설명했다. 쉽지 않다는 걸 알지만 중심을 꼿꼿하게 하란 얘기밖에 할 수가 없었다. 더불어 난 서로의 험담을 하는 세희와 단아를 데려다 은은한 잔소리 폭탄을 투하해 댔다.

어쨌거나 영혼을 갈아 넣은 상담 덕인지, 아이들도 지쳐서인지, 마침내 서서히 안정을 찾아갔다. 서로를 향한 세희와 단아의 도발은 멈추었고, 가끔 불러다 물어봐도 이제 큰 문제가 없다고 대답했다. 소윤이가 단아와 세희 사이를 넘나들며 수다 떠는 것을 보고서야 한숨 돌리게 됐다.

그런데 얼마 후, 엉뚱한 곳에서 문제가 터졌다. 둘 사이의 문제가 부모의 문제로 번진 거다. 사실 그 기미는 사건 초기에 이미 느낀 바가 있었다. 당시 학부모 상담을 할 때, 단아 어머님이 내게 세희네 모녀가 얼마나 막

돼먹은 인간들인지 생생히 간증했기 때문이다. 아무리 그래도 어른 된 입장에서 딸의 친구를 저렇게까지 욕할 수 있을까 싶을 정도였다. 정확한 상황을 알 수 없는 나는, 동조도 반박도 하지 못한 채 일단 그 말을 들었다. 이어진 세희 어머님과의 상담에서, 세희 어머님은 단아 때문에 세희가 많이 힘들어한다는 이야기를 하셨다.

그건 본인 자녀의 편이 될 수밖에 없는 부모들의 사정이었으며 내 관할 밖의 문제였다. 내가 할 일은 그저 아이들의 갈등을 처리하는 거였다.

그러나 내가 아이들을 데리고 용을 쓰는 동안 부모들의 관계는 어느 누구도 중재하지 않았고, 자정의 노력도 없었던 모양이었다. 우리 반의 소식통인 태우는 어느 날 세희 엄마가 엄마들 모임에서 축출되었다는 소식을 내게 전했다. 좀 더 날 것 그대로 표현하자면 '단아 엄마가 세희 엄마를 모임에서 쫓아냈고, 놀이터에서 아줌마들이 모일 때 세희와 세희 엄마는 올 수 없다'는 거였다.

태우의 말을 듣자마자 헛웃음이 나왔다. 난 아이들에게 모두와 친하게 지내는 방법이 아닌, 싫어하는 사람과도 그럭저럭 어울리는 법을 가르치고 있었다. 살다 보면 거슬리는 인간이 한 트럭일 텐데 그때마다 원수처럼 지낼 순 없기 때문이다. 그런데 그걸 함께 가르쳐야 할 부모들이 자식들을 위하는 척하며 편을 나누고, 그 어린아이를 놀이터에 오지 못하게 하고 있었던 거다. 게다가 그 과정이 얼마나 투박하고 거칠었으면, 그 얘기를 학부모도 아닌 우리 반 태우가 내게 해주었겠냐는 말이다.

아이들의 다툼이 어른들의 감정 싸움으로 치닫는 모습을 보며 난 도대체 이 모든 게 누굴 위한 것인지 궁금해졌다. 애초에 자녀를 잘 키우고자 만들어졌던 모임이 아이를 부지런히도 망친 거다.

애초에 둘의 갈등은 부모들조차 학교폭력이 아니라고 판단했었다. 둘 사이엔 힘의 우위가 없었고 자칫 집단 갈등으로 번지려던 상황도 겨우 막아낸 상태였다. 단아와 세희는 씩씩하게 다시 각자의 영역을 구축해나가고 있었다. 그저 커나가며 겪을 수 있는, 친구들 사이의 관계에까지 손을 뻗치는 모성애는 과연 사랑일까.

아이들에겐 저마다의 삶이 있다. 불편한 사람과 부딪히고 속이 썩어나가다 보면, 마음에 적당한 톱니가 파이고 그럭저럭 사람들과 맞물려 굴러가게 된다. 어차피 마음에 드는 사람들과만 살 수는 없기 때문에 학교에서 그런 과정은 반드시 겪을 수밖에 없고 겪어내야만 한다.

아이가 학교에서 갈등을 겪다가 교사에게 도움을 청하면 교사는 그것을 해결하기 위해 노력할 것이고, 그 갈등이 일상까지 잠식한다면 학부모와의 공조를 통해 해결할 수 있다. 그러나 학부모의 과도한 개입은 말 그대로 과몰입이다. 아이는 부모의 소유물이 아니다. 일방적인 폭력을 당하는 게 아닌 이상, 아이의 관계는 아이가 감당할 몫이다. 친구와 싸운 후 다시 교실에서 마주칠 때 느끼는 어색함까지도 말이다.

그때 그 아이들에게 남은 건 결국 친구를 이기고 세력을 점령한 기억과 무리에서 쫓겨난 상처밖에 없을 거다. 부모들이 서로 눈을 흘기고, 흉을 보는 모습도 생생히 보고 배웠을 것이다. 결국 아이들이 배우는 건 부모의 삶이니, 그 애들은 그 모습을 고스란히 삶에 새겼을 거다. 그러나 그 아이들은 어쩌면, 그 일을 통해 싫은 아이와 그럭저럭 지내는 법을 배울 수 있었을지도 모른다. 선을 넘고 규칙을 어기는 사랑만 없었다면 말이다.

숙제는
도주범이 아니야

　아이들은 자주 아프다. 정말 아플 때도 있고 꾀병일 때도 있지만 교사는 그걸 판단하기 힘들다. 아파서 결석한 아이에게 안부를 묻지 않았다는 이유로도 가슴이 찢어지는 학부모가 많은 요즘, 최소한의 조치마저 취하지 않는다면 정말 큰일이 날 수 있으므로 나는 아이가 아프다고 하면 두말 않고 보건실로 보낸다. 꾀병일 확률이 99%라 하더라도 말이다.

　지우는 자꾸 아팠다. 쉬는 시간이 되면 홀랑 나왔다가 수업 종이 치면 허리를 반으로 굽히고 와선 배가 아프다고 했다. 병증에 관한 건 보건 선생님의 몫이니 그럴 때마다 난 지우를 보건실로 보내곤 했다.

그날도 지우는 쉬는 시간 내도록 열심히 놀다가 수업이 시작되자 배를 부여잡으며 내게 왔다.

"선생님, 저 배 아파요."

아, 난 꾀병을 부릴 때면 적어도 20분 정도는 연기를 했던 것 같은데. 우리 지우는 어쩜 종이 치고 나서야 부랴부랴 연기에 돌입하는 걸까. 수업 종소리 음파에 설사약이라도 섞여 있나. 이제 기계적으로 "그럼 보건실 다녀와"라고 말할 차례였으나, 난 문득 '배 아파요'라는 말 뒤에 이어지는 정적이 이상하단 생각을 했다. 나는 지우를 쳐다보며 물었다.

"그래? 어떻게 하고 싶니?"

지우는 당황한 듯했다. 그 애가 기다리고 있던 말은 "보건실 다녀와"일 것이었다. 그럼 "네!"라고 대답하고 곧장 1층까지 신나게 내려가서, 수업이 끝날 때쯤 배 찜질팩을 두르고 교실로 복귀할 속셈이었겠지.

그 애를 당황하게 하려던 건 아니었다. 그냥 그날따라 '왜 말을 끝까지 안 하지?'라는 생각이 들었을 뿐이었다. 막말로 배가 아픈데 뭐, 어쩌라는 건가.

지우는 가만히 서서 두 손으로 배를 쥐어짜더니 한 번 더 말했다.

"저, 배가 아파요."

"어, 그래 지우야. 그럼 어떻게 하고 싶어?"

난 지우 쪽으로 몸을 완전히 돌린 후 다시 한번 물었다. 지우는 불안한 눈으로 날 쳐다보며 고개를 갸우뚱거렸다. 그리고 고장난 내비게이션처럼 목적을 잃고 같은 말을 반복했다.

"저… 그… 어… 배가 아파요."

이쯤 되니 그동안 내가 잘못했다는 생각이 들었다. 열 살이 넘도록 자기가 원하는 바를 확실히 말하지 못하는 건, 아이가 말을 하기도 전에 어른들이 그 애의 욕구를 다 충족시켜 줘서가 아닐까 싶었던 거다. '맛있겠다'라고 하면 음식을 떠먹이고, '아프다'라고 하면 최고의 간호를 제공하고, 뭐가 부족하다고 하면 달라고 하기도 전에 몽땅 대령해 버리는, 뭐 그런 종류의 '센스'와 '헌신'으로 말이다.

"그래, 배가 아픈 거 알겠어. 그래서 어떻게 하고 싶어? 화장실에 가고 싶어?"

"아니요."

"그럼 어떻게 하는 게 좋을 것 같아?"

대화는 슬슬 퀴즈쇼로 이어졌다. 나는 그 애가 "저 보건실에 다녀올게요"라고 자기의 요구 사항을 정확히 말하는 걸 듣고 싶었을 뿐이었다. 그 말만 한다면 두말 없이 그 애를 놓아줄 심산이었다.

"내가 널 어떻게 도우면 좋을지, 네가 뭘 원하는지 선생님한테 말을 해줘."

난 아무것도 모른다는 맑은 눈빛으로 말했다. 그러나 (꾀병이라는 전제하에) 대놓고 수업 땡땡이를 요구하는 게 양심에 찔려서인지, 불편한 말을 내가 먼저 꺼내주길 바라서인지, 아니면 진짜로 무슨 말을 어떻게 해야 하는지 모르는 건지, 지우는 끝내 보건실에 가겠단 말을 하지 않았다.

"지우가 말을 하지 않으니 선생님이 어떻게 도와줘야 할지 잘 모르겠네. 어떻게 하는 게 좋을지 생각나면 다시 말해 줄래?"

"아, 넵!"

지우는 내 퀴즈가 꽤나 곤혹스러웠던 모양인지, 배를

부여잡고 교탁 앞으로 나올 때와 달리 나에게서 빠른 속도로 벗어나 자리에 앉았다. 나는 아무렇지 않게 수업을 시작했다. 마침 복습 시간이라 짧은 도입 후 곧바로 게임을 시작했는데, 지우는 게임과 동시에 복통을 잊었는지 자리에서 반쯤 일어나 가장 열성적으로 활동에 참여했고, 이후로 배가 아프다는 말을 하지 않았다.

꾀병은 문제가 아니다. 애들은 그러면서 크니까. 그러나 나는 그때 지우와 대화하면서, '저 이러이러해요'라고 말한 후, 어른의 처치를 가만히 기다리는 아이들이 너무나도 많다는 걸 자주 깨닫게 되었다. 그것마저도 가르쳐야 한다는 걸 알게 된 거다.

선준이도 그랬다. 3월 첫날부터 준비물 안내를 했음에도 선준이는 풀을 챙겨오지 않았다. 풀뿐이겠는가. 테이프도, 자도 없었다. 그 애가 필수 준비물 중 악착같이 챙겨다니는 건 가위밖에 없었다. 가위가 필요하지 않은 수학 시간에도, 국어 시간에도, 그 애는 공연히 가위를 벌렸다 오므리며 날 불안하게 했다.

교실 한켠엔 공동 준비물 구역이 마련되어 있었다.

색연필이나 사인펜, 마커펜이 산처럼 쌓여 있어 아이들은 수업 시간에 그걸 자유롭게 쓸 수 있었다. 그러나 풀과 가위는 개인 준비물이라 그곳에 마련되어 있지 않았다. 그러니 선준이는 풀이 필요할 때마다 내게 말했다.

"저 풀 없어요."

나는 누구보다도 성질이 급해서 그럴 때면 즉시 "선생님 풀 갖다 써"라든가, "친구에게 빌려"라고 곧바로 그 애가 해야 할 일을 지시하곤 했다. 아무래도 그게 가장 효율적이기 때문이다. 그러나 지우와의 퀴즈쇼 이후, 나는 이제 굳이 거꾸로 묻는다.

"그래? 그럼 어떻게 해야 할까?"

"네?"

그건 사실 '나보고 어쩌라고'를 친절하게 늘린 대답이므로, 아이들은 내 반응에 곧잘 당황한다.

"풀을 안 가지고 왔으면 어떻게 해야겠냐고."

"어…"

아이들은 학교에 다니면서 수년간 그럴 때의 대처 방법, 그러니까 '선생님이나 친구에게 빌리는 것'에 대해 학습했을 거면서, 내가 직접적으로 질문하면 대답하지 못하는 경우가 많다. 처음 몇 번은 힌트를 준다.

"선생님이 빌려주면 좋겠어?"

"네."

"그럼 나한테 얘기해 봐. '선생님, 저 풀을 안 가지고 왔어요. 풀 좀 빌려도 될까요?'라고."

"선생님, 저 풀을 안 가지고 왔어요. 풀 좀 빌려도 될까요?"

"그래, 빌려 쓰고 제자리에 잘 갖다 놓으렴."

원하는 걸 직접적으로 말해도 아무 탈이 없다는 걸 알려주기 위해, 난 그 순간만큼은 '3월부터 알려준 기본 준비물인데 왜 아직도 안 챙겨오고'로 시작하는 잔소리를 꾹 참고 연습시킨다.

"알림장 있었는데 없어졌어요"라고 말하는 아이에겐 "알림장이 저절로 없어진 게 아니야. '제가 챙겨오지 못했습니다'라고 말해야지"라고 굳이 정정하고, "지우개 없어요"라고 말하는 아이에겐 "선생님도 지금 지우개가 없어. 친구한테 '지우개 빌려줘'라고 말해 봐"라고 직접 부탁하게 한다.

내 기준에 완벽한 대처를 하는 아이들도 가끔 있다.

나는 어느 날 예나가 "선생님, 저 깜빡하고 독서록을 못 가지고 왔는데 다른 공책에 써서 오후에 내도 될까요?"라고 정중히 말하는 걸 보고 속으로 박수를 쳤다.

'숙제 했는데 없어졌어요' 하고 갑자기 숙제를 도주범으로 만들며 책임을 회피하지도 않았고, '숙제 못 가지고 왔어요' 하며 '어쩌라고'를 유발하게끔 말을 끝마치지도 않는 완벽한 대처였다. 자기 잘못을 깔끔히 인정하고 어떻게 대처할지 대안까지 제시하는 건, 아이들이 정말 잘하지 못하는 것 중 하나다.

아이들은 그러고 보면, 정말 쫌스럽게 큰다. '어른에게 예의를 지키렴'이라는 말 한마디에 모든 예의를 다 지키면 좀 좋겠는가. 그러나 아이들에게 가르쳐야 할 덕목은 덩어리진 바위보단 모래알에 가까워서 대부분의 행동은 하나하나 가르쳐야 한다. 예컨대 내가 주는 비타민을 한 손으로 받고 휙 뒤돌아가는 아이에게, 나는 꼭 다시 알려준다.

"어른이 무얼 주면 두 손으로 받고, '감사합니다'라고 하는 거야. 선생님이 다시 줄 테니까 한 번 해봐."

내가 누워서 절을 받는 모습을 본 아이들 중 일부는,

그 후로 내가 뭘 줄 때 두 손으로 받으며 '감사합니다' 하고 인사한다(물론 일부는 1년 내내 말해도 바뀌지 않는다).

대학생 때 교생실습에서, 1학년 수업과 6학년 수업을 연이어 참관한 적이 있다. 수업 중 양손으로 바지춤을 부여잡고 일어서서 "쉬 마려워요" 하던 1학년과 의젓하게 손을 들고 제법 어려운 주제에 대해 자신의 의견을 말하던 6학년 아이들을 보며, 나는 그 사이에 촘촘히 끼어들었을 어떤 어른들의 노력을 가늠했었다.

생각해 보면 내가 다른 사람에게 가위를 건넬 때 가위날을 잡고 건네는 것도, 먹을 게 생기면 곁에 있는 사람에게 한 입 권하는 것도 누군가로부터 배운 거였다. 그러고 보면 저절로 크는 아이는 없다. 누군가의 말과 삶으로 곱게 빚어질 뿐. "다른 사람을 배려해야 합니다"라는 뭉뚱그린 말로는 결코 체득되지 않는, 어린이들의 세계다.

벽돌 무너뜨리는
아이

딱 몸통만 한 노란색 가방을 메고 유치원에 다니던 시절, 나는 놀이 시간마다 혼자 앉아서 종이 벽돌 블록을 쌓았다가 무너뜨렸다. 목적은 쌓는 게 아니라 무너뜨리는 데 있었다. 부디 벽돌이 와르르 무너지는 소리를 듣고 소꿉놀이를 하는 아이들이 나를 발견해 주길 바랐다. 하지만 내가 아무리 요란하게 벽돌을 떠밀어도 친구들은 나에게 눈길을 주지 않았다. 그 애들은 식사를 차리고 아빠를 배웅하기 바빴고, 그건 종이 벽돌 정도론 깨지지 않는 견고한 가정이었다. 선생님들은 늘 내가 차분하고 얌전하다고 했다. 틀린 말은 아니었지만 나의 의지도 아니었다.

매년 숨 막히는 3월을 보내고, 2학기가 되어서야 겨우 편안함을 느끼다가 다시 모든 게 낯선 3월을 맞이하길 12년, 나는 아무리 '발전'해도 그 애들처럼 될 수 없다는 걸 깨달았다. 그리고 그게 발전의 영역이 아니라 그냥 그 애들과 내가 다를 뿐이라는 걸 인정하고서야 나는 진짜 내 삶을 살 수 있게 됐다.

조용히 벽돌만 무너뜨리는 아이들은 매해 만날 수 있다. 그 애들은 반 편성 시기에는 '평범한 학생1'이고, 학예회 때에는 '엑스트라1'이며, 자유롭게 모둠을 만들라는 어느 선생님의 말에는 '사시나무1'이 된다. 어른들은 특별히 주목하지 않던 내 얘기다. 나는 어린 날의 나를 보는 기분으로 그 애들을 부지런히 발견한다.

이 아이들은 대체로 숙제도 알아서 잘해 오고, 어쩌다 잘못을 하더라도 내 눈빛 하나에 재깍 행동을 교정해서 담임 입장에서야 입 댈 곳도, 손 댈 데도 별로 없다. 이들은 쉬는 시간에 교탁으로 다가와서 내 책상 위에 있는 물건의 용도를 꼬치꼬치 캐묻는 법이 없고, 친구랑 다툰 후 "선생님, 재가요오~" 하며 쪼르르 이르러 오는 일도 없다. 체육 시간에 이론 수업을 한다고 해도 대놓고 아쉬움을 표현하지도, 내 농담을 듣고 소리 내어 웃지도 않는다.

쉬는 시간에도 가만히 앉아 있는 경우가 많다. 책을 읽거나 그림을 그리면 다행인데, 정말 가만히 앉아 다른 친구들이 노는 모습만 쳐다보고 있으면 아무래도 마음이 쓰인다. 그럴 땐 괜히 책장을 정리하는 척 옆에 다가가서 "친구들이랑 같이 보드게임하고 놀지 그래? 아니면 선생님이랑 할까?" 하고 말을 붙이는데, 그러면 그 애들은 내 눈도 제대로 쳐다보지 못한 채 그냥 희미하게 웃는다.

다른 아이들이 신나게 노는 걸 가만히 바라보고만 있는 저 아이들은 무슨 생각을 하고 있을까. 혹시나 누군가가 자기를 발견해 주길 바라고 있지 않을까. 그때의 나처럼 다른 친구들을 부러워하며, 어쩌면 자기를 탓하거나, 한심해 하거나, 닥치지 않은 일을 먼저 걱정하며 불안해 하고 있진 않을까.

그해엔 두 명의 아이가 그랬다. 유진이와 재이였다. 아무리 모둠 활동을 하고 체육 활동을 해도 그 애들의 목소리를 듣기 힘들었다. 그래서 나는 그 애들과 글로 이야기했다. 아무리 사생활 침해라고 해도 일기 쓰기를 멈출 수 없었던 이유다.

재이도, 유진이도 일기장에는 곧잘 수다를 떨었다. 유진이는 글씨체가 조약돌같이 동글동글했고, 재이는 일기를 쓴 후 그 아래에 꼭 그림을 그렸다. 상투적인 숙제에 그런 정성을 쏟는 건 쉬운 일이 아니었을 테니 나는 그 아이들이 자기 생각을 꺼낼 때마다 길고 긴 댓글을 썼다. 재이와 유진이가 일기장을 받아들고 눈앞에서 그걸 45도 각도로 펼쳐서 내 댓글을 확인하는 모습을 보는 게 내가 그 애들을 키우는 보람이었다.

늦봄이던가, 초여름이던가. 텃밭에서 식물을 관찰하고 돌아온 날, 재이는 관찰 일지에 눈을 반쯤 감은 해를 그리고선 '햇살이 졸려 보였다'고 썼다. 다른 아이들이 풀잎의 수를 세고 친구와 술래잡기를 하고 개미를 괴롭히던 그 틈에 해를 올려다본 그 애의 시선이 나는 참 귀하다고 생각했다.

아이들은 햇살의 기적까지 느끼며 쑥쑥 커가고 있었지만, 재이와 유진이 부모님들은 걱정이 많으셨다. 상담 주간마다 걱정에 찬 목소리로, 우리 애가 친한 친구가 없다, 쉬는 시간에 다른 친구들이랑 이야기는 하냐고 물으시곤 긍정의 대답을 절박하게 바라셨다. 나는 학부모님들께서 원하는 대답을 해드릴 순 없었으나 어릴 적 우리 부모님을 보는 마음으로, 불안해하시는 부모님을 다독여드렸다.

저마다 눈코입이 다르듯, 타인과 가까워지는 속도도 다른 게 당연했다. 세상은 그걸 쉽게 해내는 사람을 동경하거나 추켜세우곤 하지만, 꼭 남과 어울리는 게 아니더라도 세상을 음미하며 살아갈 방법은 많았다. 그 애들은 다른 아이들이 결코 발견하지 못한 햇살의 표정을 알아차리고 별것 아닌 내 지시에도 정성을 다하며 나름대로 쑥쑥 커나가고 있었다.

더불어 교사와 부모가 그 기회를 마련해 주거나 힌트를 줄 순 있어도, 결국 친구를 사귀는 건 그 애들이 해내야 할 몫이었다. 내향적인 자신을 깨닫는 것도, 그것을 받아들이는 일마저도 누군가 대신해 줄 수 없었다. 난 그 애들이 자신의 기질을 직시하되 불편함이 있다면 조금씩 깨나갈 수 있는 아이들이 되길 바랐다.

재이와 유진이 어머님은 어쩌다 당신의 자녀와 똑 닮은 성격의 친구가 있단 걸 아시고는 서로가 서로에게 친구가 되어주길 바라시며 따로 만남을 시도해 보기도 하셨다. 그러나 두 아이는 학년이 끝날 때까지 쉬는 시간에 각자의 자리에 앉아 있었다.

종업식 날, 재이 어머님은 장문의 인사 메시지를 보내셨다. 자신을 표현하지 못하고 주춤거리는 아이의 모습이 안타까웠는데 잘 챙겨주셔서 감사하다고, 재이는 종업을 앞두고 한참을 아쉬워했다고 했다.

재이가 아쉬워하는 만큼 나도 아쉬웠지만, 모두에게 각자의 속도가 있으니 재이도 자신의 속도에 맞추어 열심히 커나가고 있을 거라고, 나는 해답도 위로도 아닌 그냥 날 것의 마음을 보냈다. 그리고 곧이어 새로운 메시지가 왔다.

'재이는 뒤늦게 유진이랑 친해져서 같이 떡볶이 먹으러 나갔어요 ^^'

아! 비로소, 벽돌 무너뜨리는 아이들의 시간이 왔다.

모든 게
웃기는 일이다

하늘이는 3학년이었고 한글을 쓸 줄 몰랐다. 그 애는 입학과 동시에 학교를 뒤집어놓아서 그 애가 진급할 때마다 학교의 기피 학년이 바뀌었다. 나는 그래 봤자 3학년 꼬맹이가 뭐, 하는 생각으로 호기롭게 그 아이의 담임이 되길 자처했고, 1년이 다 지나기 전에 학교를 그만둘 뻔했다.

나는 아직도 가끔 하늘이의 꿈을 꾸고 그때마다 몸서리를 치며 일어난다. 하루를 엉망으로 시작하는 가장 확실한 방법이다. 살다 보면 절대로 미화되지 않는 기억들이 몇몇 있는데 나에겐 임용고사를 준비한 몇 달과 하늘이를 맡았던 1년이 그렇다.

학교 계단을 오르다 별생각 없이 주차장 쪽으로 난 창문 밖을 보았다. 거기 하늘이가 있었다. 그 애는 주차 되어 있는 어느 차 문 손잡이를 붙잡고 덜컥거렸다. 문이 열리지 않자 이내 관자놀이를 손바닥으로 감싼 후 선팅으로 뒤덮인 차창 안을 들여다보았다. 내가 그 애의 담임이 되기 며칠 전의 일이었다.

나는 그 애의 소문을 못 들은 척하고 그 애를 만났다. 작은 행동 하나하나를 붙잡고 최선을 다해 사랑하고자 했다. 하늘이도 기꺼이 그걸 받아주었다. 자기를 사랑해줄 사람을 드디어 만났다는 듯, 그 애는 눈을 위로 뜨고 입을 벌린 채 멍하게 웃으면서 나를 보곤 했다.

하지만 난 사실 그 아이를 사랑하지 않았다.

아이들은 쉬는 시간이 되면 교탁 앞에 줄을 서서 하늘이의 악행을 고발했다. 그 애는 선생님 서랍을 뒤져 지구젤리를 훔쳐 먹었고 길거리에서 자전거를 훔쳐 타고 선생님을 미행했으며 음식 앞에선 정신을 잃고 식탐을 부렸다. 나는 그 애를 붙잡고 도대체 뭐가 문제냐고 소리를 질렀다. 내가 그 애를 사랑하지 않는다는 건 그

래서 금방 들통이 났다. 하늘이와 나 사이에 놓였던 뽁
뽁이는 하루에도 몇 개씩 요란한 소리를 내며 터져갔다.

"하늘이 병원에 보내야 해요. 검사해 보면 분명 진단
명이 있을 거예요."

나는 교감 선생님을 붙들고 매일 하소연을 했고 1학
기 말쯤에는 겨우 심리 검사를 받았다. 방학식 날 내던
지듯 결과 통지서를 등기로 보냈으나 학교로 반송됐다
는 소식을 들었다.

"그 집 부모님 연락 안 받으셔. 그냥 내버려둬요."

나는 그 말을 무시했다. '어머님, 아버님, 하늘이 데리
고 병원에 다녀와 주세요. 병원비는 학교에서 부담하겠
습니다.' 언제는 한 줄로, 언제는 A4 용지 두 장 분량으
로 혼자 떠들었다.

내 성화에 지친 그 애의 부모님이 위임장에 이름 석
자를 적어 보냈다. 그 애의 부모는 삶이 너무 고단해서
하나뿐인 아들을 병원에 데려갈 여력도 없었다. 나는 그
애의 아빠가 이름만 쥐어준 채 던져버린 그 애를 데리고
2주에 한 번씩 병원을 오갔다.

하늘이는 약을 먹으면 나아졌다가 먹지 않으면 또 폭

발했다. 그래도 많이 나아졌다는 말이 들려왔다. 애초부터 이건 교육이 아니라 치료의 영역이었던 거라고, 나는 자조했다.

학교 예산으로 하늘이의 안경을 새로 맞춰주었다. 흠집이 너무 많아 언제부턴가 그 애가 나를 노려보는 눈빛마저도 착실하게 가려주던 안경이었다. "도수가 하나도 안 맞네요." 안경사가 말했고, "아, 그런가요?" 하고 대수롭지 않게 나는 대꾸했다. 애초부터 그런 건 기대하지도 않았다.

"하늘아, 학교 근처니까 안경 닦고 싶을 때마다 와."

하늘이는 틈만 나면 그곳에 가서 안경을 닦고 왔다. 안경을 닦은 다음 날이면 나한테 자랑을 했다.

나는 그해를 마지막으로 학교를 옮겼다.

"병원 혼자 다니는데, 약 먹기 싫다고 길거리에 버렸대. 걔가 그렇지 뭐."

오랜만에 만난 동료 교사가 그 애의 소식을 전했다.

"나, 걔 소식 듣기도 싫어. 근데 걔 너무 안됐어."

그 애를 사랑한 건 거짓이었지만 이건 진심이었다.

인생이 너무 쉬우면 재미가 없지만 그럼에도 어린이

들은 결코 느낄 필요가 없는 감각들이 있다.

"너한테 냄새 나."

친구 말에 머쓱하게 제 몸을 킁킁거릴 때 느낄 콤콤한 냄새, 3월 첫날에 보낸 가정통신문을 10월까지 가방에 넣고 다니며 느낄 무게, 맨발에 슬리퍼를 신고 등교할 때 발을 타고 오르는 늦가을 아침의 냉기, 의자를 집어 던지기 직전 부모의 눈에서 번뜩이는 안광, 너무 먹고 싶었을 그 지구젤리를 먹을 길이 없어서 선생님 서랍을 뒤지면서 느꼈을 심장 박동.

그 더럽고 치사하고 끈적하고 불필요한 모든 감각들.

죄를 찾다 보면 결국 있는지도 모를 전생 탓을 하고야 말 복잡한 집안 사정들.

그럼에도 훌륭하게 자란 수많은 사람들과 그 아이를 악착같이 쥐고 가르쳐야 할 나를 위해 나는 그 아이의 인생을 점칠 생각이 없다. 그 애의 탄생과 삶 사이의 연관성이 몇 할인지 따져보며 그래서 그렇지, 하며 면죄부를 주고 싶지도, 해결해 주지도 못할 거면서 동정하고 싶지도 않다. 그러나 그럼에도 어린이가 느껴선 안 될 감각은 명백히 존재해서, 나는 딱 그만큼의 비애를 느낀다.

친구가 아이를 낳았다. 호랑이띠라 호랑이 옷을 입고 50일 기념사진을 찍었는데 프리사이즈 옷이 너무 꼭 맞는다고, 너무 잘 먹인 거 아니냐며 나는 웃었다. 저 옷 안이 다 살이라고, 호구처럼 성장앨범 계약하고 왔다고, 친구도 웃었다.

내가 아는 어떤 엄마는 출산을 한 달 앞두고 임신 사실을 알았다. 그러고는 어찌할 틈도 없이 아이를 낳았다가 새로운 남자를 만나 아이를 버렸다. 친부는 그보다 먼저 사라지고 없었다.

'차라리 태어나지 않았으면 좋았을 텐데.' 나는 교육자씩이나 되는 주제에 그 젖먹이를 보면서 생각했다.

그러곤 내 칙살스러운 생각을 네 삶으로 짓밟아달라고, 그 애를 보면서 빌었다.

모든 게, 웃기는 일이다.

3장

1인칭 선생님
시점

선생이 된
게으름뱅이

십자수를 할 때 제일 어려운 건 실뭉치에서 실을 두 가닥만 깔끔하게 뽑아내는 일이다. 내가 실뭉치에서 실 두 가닥을 쭈욱 잡아 뽑을 때면, 나머지 실뭉치는 트위스트를 추며 여지없이 엉킨다. 청소는 그걸 푸는 일과 다를 게 없다. 책상을 치워보려다 멀쩡하던 곳까지 엉망으로 만드는 기술은 내가 우리나라 1등이다. 아무리 반박을 해도 내 말이 맞다.

어렸을 때부터 엄마는 내 방에 들어오실 때마다 돼지우리 판정을 내리셨고, 나는 드러누워서 감자칩을 씹어 먹는 것으로 내가 돼지임을 증명했다.

"이놈의 가시나, 니는 결혼하면 남편이랑 많~이 싸우

겠다."

　엄마는 내 방에 널브러진 옷을 하나하나 주워 담으실 때마다 지겹게 말씀하셨고, 나도 "돈 많이 벌어서 청소는 전문가한테 맡길 건데?" 하며 야물딱지게 받아쳤다. 그러나 나는 어쩌다 선생이 되어 꼼짝없이 내 손으로 청소를 해야 하는 팔자로 산다.

　정말, 어쩌다 하필이면 선생이 되어가지곤, 남들이 제 몫의 책상만 청소하는 동안 나는 집보다 큰 교실에서 유성매직세트, 전통 탈, 팀 조끼, 피구공, 화이트보드, 쓰다 만 색종이랑 싸운다. 게다가 지팡이를 휘두른 것도 아닌데 모든 물건은 아이템 20배 이벤트에 강제 당첨되어 모든 곳에 산재해 있으니, 이건 필히 그 시절 내 방에 살던 집요정들의 저주이며 복수다.

　덩치가 커서 그 저주를 피하지 못하고 정통으로 얻어맞는 바람에, 내가 "누가누가 제일 쓰레기를 많이 모아 올까요오~?" 하는 영업용 멘트를 날릴 때마다 아이들은 손바닥만 한 빗자루 세트를 들고 벌떼가 되어 내 자리로 모인다. "선생님 자리는 선생님이 청소할게!" 하고 손을 휘휘 저으면 아이들은 내 자리에 쏟아진 꿀단지가 아쉬운지 입맛을 쩝, 다시며 돌아간다. 애들 눈은 속일 수가 없다.

그러나 청소를 못하면 적어도 외로울 일은 없다. 아이들을 모두 집으로 보내고 난 오후, 그 고요한 시간에도 나는 혼자가 아니기 때문이다. 수업 준비를 하다가 낯선 움직임이 느껴져 옆을 쳐다보면 하얀 먼지가 동글동글 세력을 키워 교실을 배회하고 있다. 역시 조상님들의 말씀엔 틀린 게 없다. 먼지마저도, 뭉치면 산다.

난 먼지더미가 생명력을 얻어 걸음마를 시작하면 빗자루로 잔인하게 때려죽인 후 다시 의자에 앉는다. 나는 초등학생 때 해리포터 시리즈를 열한 번씩이나 읽은 대가로 빗자루의 역할을 망각하는 부작용을 얻은 게 분명하다. 아무리 생각해도 빗자루는 가랑이 사이에 끼는 게 제맛이지, 그걸로 청소를 하는 건 멋이 없다.

그러나 나한테도 눈은 있어서 깨끗한 교실이 얼마나 보기 좋은지는 안다. 언제나 운명처럼, 내 옆 반은 반짝거린다. 어느 해엔 옆 반 선생님이 우리 교실에 오셔선 한참이나 교실 꼴을 바라보시더니, 대뜸 "내가 대청소

도와줄까?"라고 하셨다. 인류애의 관점에서 이 꼴을 더이상은 두고 볼 수 없다는 의지가 느껴지는 한마디였다. 내가 말릴 틈도 없이 선생님은 두 팔을 걷어붙이셨다. 그리고 빗자루를 드는 대신 교실을 스윽 보시고는, 사물함과 책장, 청소용구함의 자리를 옮기시는 거였다. 위치만 바꿨을 뿐인데 갑자기 교실이 깔끔해졌다(난 아직도 왜 그런지조차 모르겠다). 선생님은 몇 년이 묵었는지도 모를 청소도구들을 미련 없이 버리셨고, 제멋대로 엉킨 전선을 가지런히 정리해 주셨다. 그 모든 과정은 기껏해야 흩어진 쓰레기를 치우거나 물걸레질을 하는 게 전부였던 내 한심한 청소 인생에 신선한 충격이었다. 난 갑자기 깨끗한 교실을 하사받게 되었다.

그러나 그 모습을 유지하는 건 내 몫이었다. 그 말인즉슨, 모든 질서가 빠르게 붕괴되었단 뜻이다. 그 후로 아무리 용을 써도 옆 반 선생님이 만들어주셨던 태초의 상태로는 끝내 돌아가지 못했다. 단정하게 빗질한 모범생 같던 교실은 채 얼마 지나지도 않아 분유를 먹고 토한 조카의 형상을 닮아갔다.

지저분한 공간은 말이 많다. 나밖에 없는데도 시끄럽

다. 모니터 앞에 덕지덕지 붙은 업무리스트만 해도 머리가 아픈데, 사방을 구르는 잔쓰레기들은 머리를 뚱땅뚱땅 친다.

잠깐이나마 천국을 맛보았던 나는 혼자 대청소를 시도해 보기도 했다. 바야흐로 춥지도, 덥지도, 할 일이 많지도, 피곤하지도 않은, 신이 청소를 하라고 멍석을 깔아준 것만 같은 날이었다. 마침 그날, 친한 선생님이 커피 한 잔을 들고 우리 교실을 방문했다.

"언니! 뭐 해? 바빠?"

나는 빗자루를 들고 엉거주춤 뒤를 돌아보았다.

"나 청소 중!"

그러자 그 선생님은 한 톨의 악의도 없이, 그러나 정말로 믿을 수 없다는 말투로 "거짓말! 언니 청소 안 하잖아!"라고 말했다.

갑자기 울컥한 나는 "야! 나도 청소하거든?" 하고 씨알도 안 먹힐 거짓말을 했고 우리는 몸이 무너져라 웃어댔다.

게으름뱅이가 소로 변했다는 동화를 읽을 때 청소를 열심히 해야겠다는 교훈 대신 공포심만 느꼈던 나는, 하늘이 보우하사 소는 되지 않았지만 선생이 됐다.

'아니, 근데 소는 외양간 청소는 안 해도 되잖아' 하고 문득 입이 툭 튀어나오는 나는 정말이지, 쏟아진 꿀통 같은 인간이다.

애도 안 낳아본
주제에

하필 그 인간들이 자식을 넷씩이나 낳은 애국자여서, 우리 학교는 넷이 몽땅 졸업할 때까지 10년이 훌쩍 넘는 시간을 버텨야 했다.

그 집 아빠는 교장 선생님께 항상 반말을 했다. 교장 선생님은 한참이나 어린 학부모에게 반말을 들어도 허허 웃고 마셔서, 30년도 안 산 나는 그 아빠가 내 얼굴에 침을 뱉지 않는 것만으로도 감지덕지였다.

그 집 엄마는 아이의 담임 선생님께 욕을 했다. 작년에는 해줬던 금전적 지원을 올해는 왜 안 해주냐는 게 이유였다. 욕 들어먹을 일 없이 평범하게 자란 동료 선생님은 어느새 제법 선생다워져서 그런 무례쯤에는 초연해진 말투로 "어머님, 지금부터 녹음할 거예요" 하고 말았다고 한다.

나는 그 집안의 첫째를 영어 선생님으로, 셋째를 담임으로 만났다. 첫째는 수업에서 친구들을 방해할 수 있는 거의 모든 행동을 다 했다. 서툰 신규 교사였던 나는 그 애의 예의 없는 행동을 쉴 새 없이 지적했으므로, 평범한 다른 아이들은 그 시간을 견뎌야만 했다.

한 교실에 있는 아이들에겐 미안했지만 그 애의 엄마가, 본인의 아이를 복도에서 나무란 담임에게 "니가 애를 키워봤어?"라며 소리를 버럭버럭 질렀다는 소문이 학교에 들불처럼 번진 후였기 때문에 비겁한 나는 그 애를 따끔하게 야단치지도 못한 채 심력을 낭비했다.

그러나 그 집의 셋째는 참 예쁜 아이였다. 그 애의 흠을 찾자면 그 집에 태어난 게 전부였다. 그 애는 항상 허리를 꼿꼿이 펴고 살짝 미소 지은 채 수업을 들었다. 항상 숙제를 해왔고, 친구들과 사이좋게 지냈으며 늘 예의 바르게 인사를 했다.

그리고 그 애에게는 머릿니가 있었다.

수련회를 앞두고 보건 선생님의 호출을 받았다. 수련

회 중 그 애의 머릿니가 다른 친구들에게 옮으면 민원이 들어올 수 있으니, 애를 직접 씻기란 거였다. 머릿니 샴푸를 아무리 갖다줘도, 학교에서 머리를 감겨줘도, 집에서 관리가 되지 않으니 없어지질 않는다고 보건 선생님은 하소연을 하셨다.

고로 그 수련회에서 나의 역할은 그 아이를 별도의 화장실로 데려가 씻기는 거였다. 다른 아이들과 섞이지 않도록.

"너는 머릿니가 있으니까 따로 씻자"라는 말을 면전에 대고 할 만큼 못되진 않았던 나는, 그러나 적당한 핑 곗거리를 찾을 만큼 똑똑하지도 못했다. 나는 어설프게 "선생님 방 화장실 구경해 볼래? 주애 오늘 활동 열심히 했으니 상으로 선생님 샴푸 쓰게 해줄게!" 하며 말도 안 되는 말을 나오는 대로 지껄였다.

그리고 그 애를 따로 빼내어 머릿니 샴푸로 머리를 감기고, 수건으로 머리를 털어주고, 드라이기로 그 애의 머리를 말릴 때 하얀 세면대 위로 후두둑 떨어지는 것들을 나는 필사적으로 모르는 척했다.

머리를 감기는 내내 애를 낳아봤냐고 소릴 질러댔다

던 그 애 엄마 얼굴이 떠올랐다.

선생은 하다못해 시험이라도 치지만 애는 아무나 낳잖아요, 당신 같은 사람까지도.

나는 그 애의 작은 등을 보면서 결코 입 밖으로 내지 못할 말들을 꾸역꾸역 삼켰다. 그러나 나는 할 수 있는 게 없었고 앞으로도 없을 것이며, 그 애는 그 집에서 앞으로도 그렇게 쭉 살아갈 거다.

부모에게 친권이라는 무소불위의 권한을 쥐어주고 그걸 제대로 사용하는 법은 알려주지도 않는 주제에, 그리하여 이 아이가 행복한 사람으로 자랄지, 혹은 국가가 감당해야 할 짐이 될지 알지도 못하는 주제에 '출산이 애국'이라는 종교에 가까운 믿음만 단체로 중얼거리는 이 사회가 아무리 생각해도 좀 이상한 것 같다고, 애도 안 낳아본 스물여덟의 나는 감히 생각했다.

모글리의
기적

나는 교사가 내 천직인 줄 알아서, 대학교를 두 번이나 자퇴하고 교대에 입학했다. 입학 후엔 누군가를 만나기만 하면, "너는 왜 교대에 왔어?"라는 질문을 던지는 게 내 취미였다. 나처럼 '사람을 길러낸다'는 숭고한 목적을 가지고 온 건지, (그 당시만 해도) 여자 직업으론 선생이 최고라는 부모님의 권유로 온 건지 궁금했던 거다. 다행히 내 주변 사람들은 다정해서 (다정하지 못한 자들은 내 성질을 견디지 못하고 떠났다) "뭐 그딴 질문을 해"라고 면박주지 않고 몇 초쯤 곰곰이 생각한 후에 진지하게 답해주곤 했다. 그럼 나는 그 답변을 듣고 어느 정도 그 사람을 판단했다. 교사는 사명감 없이 선택해선 안 되는 직업이라고 믿었던 거다.

그러나 교직 생활은 '선생 똥은 개도 안 먹는다'는 속담을 삶으로 증명해 가는 시간의 연속이다. 나는 교사가 된 지 3년 차에 처음 이직을 생각했고 5년 차에, 7년 차에, 8년 차에, 9년 차에 수능 기출 문제를 다시 풀어보았다. 그때마다 내가 선생이 될 팔자라고 했던 그때 그 점쟁이들을 모아다가 인디안밥이라도 날려버리고 싶었다. 교사는 모든 걸 해내야 하지만 사실 할 수 있는 게 없는 직업이라고, 그러니 너는 선생이 되면 지독한 무력감에 빠지고 말 거라는 말은 왜 아무도 해주지 않았던 걸까. 그러나 내가 선택했으니 난 누구도 원망할 수 없다. 그저 부모님 말씀을 잘 들을걸 하는 후회 정도만 할 뿐.

난 이제 교사에게 사명감을 요구하는 세상에 즉시 맞설 준비가 되어 있다. 난 세금으로 월급을 받는다는 이유로 대우는커녕 온갖 불합리한 요구를 감당해야 하기 때문이다. 그러나 사실 어차피 모두의 수입은 누군가의 주머니에서 나오는 게 아닌가? 난 삼성전자에 다니는 친구에게 "너, 내가 산 휴대폰 값으로 월급 받는구나?"

라는 막말을 해본 적도, 그런 이유로 거들먹거린 적도 없다.

곤두박질친 대우와 누구도 보호해 주지 않는 시스템 하에서 이제 아무것도 하지 않아야 날 지킬 수 있다는 신념만 공고해지지만, 난 여전히 이 일을 한다. 이제는 애써 숙제를 내지도 특별한 활동을 하지도 않을 거라고, 그러니까, 일은 하되 열심을 다하진 않을 거라고 이를 갈면서도 계속해서 그 짓을 반복한다. 못하겠단 아이를 붙잡고 될 때까지 용을 쓰고, 논설문 쓰기를 가르칠 때면 지겹도록 전체 첨삭을 반복해 가며. 말하자면 난 이 지경이 되었는데도 여전히 이 직업을 유지하고, 어쩌다가 자꾸 사랑한다. 그럴 수밖에 없게 만드는 아이들 때문이다.

주완이는 꽤 유명한 아이였다. 소방교육 때 실습을 못해 본 게 너무 한스러웠던지, 멀쩡히 주차된 차들을 향해 소화기를 쏴버렸기 때문이다. 그 애를 보고 있으면 눈앞에서 〈정글북〉이 재생되는 것 같았다. 난 수업 중에 벌떡 일어나 교실을 한 바퀴 돌고, 옷장 뒤로 쏙 숨어 흥

미롭게 날 관찰하는 주완이를 보며 생각했다.

'뭐지, 모글리의 환생인가…'

하필 그해 교과 교실을 꾸미고 있던 무성한 나뭇잎은 그 어린이의 야생성을 한층 더 돋보이게 했다.

주완이 담임 선생님은 날 볼 때마다 안쓰러워하며 어깨를 토닥이셨다.

"선생님, 교과 시간 어때? 주완이 많이 힘들지?"

그러나 그 애를 고작 일주일에 두어 시간밖에 보지 않는 내가 감히 고개를 끄덕일 순 없었다. 그렇게 말씀하시는 담임 선생님은 나보다 훨씬 더 힘들어 보이셨기 때문이다. 난 어떻게든 그 애의 문제를 내 선에서 해결하고자 노력했다. 그러나 완전히 숨기기란 불가능했다.

"아, 선생님, 그… 주완이가 수업 중에 도서실로… 도망을… 갔었어요…. 잘 찾아오긴 했는데, 말씀은 드려야 할 거 같아서요."

그럼 담임 선생님은 두 손으로 이마를 쓸어올리시며 포효하셨다.

"아~! 염주완 때문에 나 미치겠어, 진짜아~!"

주완이는 정말 '오호호화!' 하는, 뭐랄까 야생의 원숭

이 소리를 내며 학교를 누볐다. 그래도 담임이 아닌 내 겐 애니메이션 관람 정도의 무게로 다가왔다. '거참, 볼 수록 신기한 아이군' 정도에 그칠 수 있었던 거다.

그리고 운명처럼 나는, 그다음 해에 〈정글북〉의 주연 으로 전격 캐스팅됐다. 주완이의 교내 보호자가 된 거 다. 담임으로 그 애를 만날 생각을 하니 주완이 때문에 미치겠다던 선생님의 목소리가 자꾸만 떠올랐다. 이제 그 대사는 내 몫이 될 거였다. 애써 외우지 않아도 튀어 나올 게 뻔했다.

담임이 된 첫날, 주완이를 쳐다보며 말했다.

"선생님은 여러분이 작년에 어떤 아이였는지 다 잊 었어요. 앞으로의 행동이 중요한 거겠지? 잘 지내봐요."

주완이는 뭔가 결의에 찬 듯 입술을 앙 다물었다. 그 래, 이제 마음가짐을 새롭게 하겠지. 새 담임한테 잘 보 이기 위해서라도 뭔가 하나쯤은 달라지겠지.

그러나 그건 꿈과 환상이었다. 학교는 디즈니랜드도, 롯데월드도 아니었다. 한 열흘쯤 열심을 다하던 주완이 는 친구를 쿡쿡 찌른 죄로 내게 몇 번 혼쭐이 나고서는 나와 좋은 관계를 유지하려는 노력을 포기해 버렸다.

그 애는 인정받는 걸 굉장히 좋아하는 성향이었는데, 긴장이 풀려가며 칭찬받을 일이 점점 사라지니 상황은 더욱 악화됐다. 나는 주완이의 전 담임 선생님이 왜 걔 땜에 미칠 것만 같은지 온몸으로 느끼게 됐다. 주완이가 어디론가 사라진 걸 알아챌 때면 난 식은 땀을 흘리며 그 애를 찾았다. 운동장에서 주완이를 발견해 "염주완!" 하고 부르면 그 애는 숨바꼭질에서 들킨 아이처럼 해맑게 날 피해 뛰어다녔다. 그럼 난 운동장을 빙글빙글 돌았다. 문자 그대로 돌아버릴 것 같은 하루하루였다.

그 애가 좀 진정하게 된 건 1인 1역에서 엄청난 경쟁을 뚫고 가위바위보에서 이겨 '선생님 도우미' 역할을 맡게 된 후부터다. 선생님 도우미는 자잘한 심부름을 하는 역할인데, 아이들은 이상하게 그 역할을 굉장히 좋아한다. 주완이는 에너지가 넘치는 아이였으므로, 준비물 바구니를 자료실에 가져다 놓으라고 할 때마다 힘을 과시하며 바구니를 세 개씩 얹곤 했다.

그럼 나는 "우와! 주완이 정말 힘 세구나!" 하고 칭찬한 뒤, 곧장 "근데 다칠 수 있으니까 다른 친구랑 같이 다녀와" 하고 아이를 진정시켰다. 그리고 그 애가 미션 수행에 성공한 후 위풍당당하게 돌아오면 또 요란하게 추어올렸다. 주완이는 그게 좋았는지 시키지 않은 일도 계속해서 했다. 날 곁눈질하면서 쉬는 시간에 교실 바닥 쓰레기를 줍는다거나, 공연히 창틀을 물티슈로 닦는 거였다. 그럼 난 또 충실히 그 애를 칭찬했다.

어느 날은 모둠별로 협동 미술 작품을 만들다가 하교할 시간이 되었다. 아이들 몸통만큼 큰 작품이라 완성을 못한 상태에서 종이 친 거다. 요즘은 하교 후 아이들을 교실에 남기지 않지만 그땐 하교 시간 후에 교실에 남는 게 별일이 아니었다. 주완이를 비롯한 몇몇 아이들은 미술 시간의 흥이 가시지 않았는지 남아서 작품을 완성하겠다고 얘기했다. 난 부모님께 연락드린 후 남아서 완성할 것을 허락했다.

아이들은 수다를 떨며 신나게 작품을 완성해 나갔다. 그러나 그 작품을 완성하는 덴 지구력이 필요했고 아이들의 일정은 나보다도 바빴다. 아이들은 "힘들어요", "학원에 가야 해요", "아, 그만할래요" 등등 저마다 외마디 항복 선언을 한 후 한두 명씩 안녕을 고하고 사라졌다.

결국 주완이 혼자 남게 되었다.

"주완이도 가야 하지 않아? 이거 다음 주에 해도 되는데."

그러나 주완이는 묵묵히 색종이를 붙이며, "저 이거 다 완성하고 갈래요. 혼자 할 수 있어요" 하고 얘기했다. 혼자 할 만한 양이 아니기에 몇 번 만류했으나 주완이는 계속하겠다는 의지를 내비쳤다. 얼떨결에 나도 작품 활동에 동참하게 됐다. 어차피 중간중간 주완이를 챙겨야 하니 업무에 집중하긴 힘들었기 때문이다. 우린 한참 수다를 떨며 색종이를 하나하나 붙였다. 실없는 잡담과 별거 아닌 칭찬들, 농담 같은 잔소리들이 이어졌다. 주완이는 작게 킬킬대고, 가끔 저항했고, 그러다 나한테 더 큰 잔소리를 들었다. 그리고 마침내 퇴근 시간을 코앞에 둔 시간에 우린 그걸 다 완성했다. 수업 시간 40분도 가만히 앉아 있지 못하던 아이가 그걸 완성해 냈다는 게 너무 기특해서, 난 호들갑을 떨며 작품과 주완이 사진을 함께 찍어주었다. 그 애는 쑥스러운 듯, 그러나 개선장군의 표정을 지으며 브이를 그렸다.

주완이는 말썽을 부리고, 나한테 혼이 나가면서 열심히 컸다. 그래도 한 살 먹은 보람이 있는지 시간이 지나며 교실 탈출 습관은 사라졌다. 여전히 까불긴 했지만 말이다.

몇 년 후 주완이는 중학생이 되었다. 그 애는 스승의 날에 학교에 찾아와 나와 인사를 나누었다. 무려 부회장이 되었다는 소식과 함께였다.

"이야~! 주완이가 부회장이라고? 진짜야?"

난 믿기지 않아 같이 온 아이들에게 짓궂게 진위 여부를 확인했다. 친구들은 깔깔 웃으며, 믿기지 않겠지만 사실이라고 말했고 주완이는 고릴라 포즈를 하고선 입술이 코 밑에 닿을 정도로 우쭐한 표정을 지었다.

그리고 다음 날, 난 우연히 주완이의 6학년 담임 선생님을 만났다.

"이 선생님! 어제 주완이 왔던데 봤어?"

"네! 부회장 됐다던데요!"

"그러니까 말야. 근데 걔 웃기더라."

"왜요?"

"부회장 됐단 말 듣고, '주완이 잘 컸네' 했더니 뭐라는 줄 알아? '이세이 선생님 덕분에 사람 됐죠.' 그러는 거 있지?"

아, 그런 말을 듣는 순간의 기분은 사람을 키워본 사람만 알 수 있다. 이 일을 사랑할 수밖에 없는 이유다.

어찌 됐든
남는 장사

나는 지역에서 손꼽히는 작은 학교로 첫 발령이 났다. 그곳은 어찌나 정이 많은지, 한 아이가 수업 시간 때 비뚤게 굴면 퇴근 전에 전교 선생님의 8할쯤은 말 한마디를 얹는 곳이었다. 뭐 대충 "무슨 일이야?", "걔가 그렇게 별난 짓을 했다며?", "잘 해결됐어?" 같은 호기심 반 걱정 반의 말들이었는데, 아무리 초보 교사라도 그런 관심은 제법 자존심이 상하는 일이었기에 나는 악착같이 반 아이들의 문제 행동을 이불 보따리에 꽁꽁 싸매면서 하루하루를 지냈다. 물론 아이들은 내 절박함과 관계없이 이불을 박차고 교무실 앞을 질주했지만.

작은 학교에서는 3주쯤만 근무하면 6학년 영희와

4학년 철수가 남매 사이이며 그의 어머니가 3년 전에 학교로 뛰쳐와 담임을 쥐 잡듯이 잡았다는 전설쯤은 훤히 알게 된다. 영희와 철수가 어떻게 생겼는지도 모르는 3학년 담임일지라도 말이다. 큰 학교에서의 소문은 학교를 돌고 돌며 흐릿하게 공명하지만, 작은 학교에서는 구성원 하나하나의 생활이 손에 잡힐 듯 다가온다. 그래서 작은 학교는 실로 온 학교가 온 아이들을 함께 키워내는 곳이며 모든 아이들의 꼬깃한 인생을 또렷한 해상도로 마주해야 하는, 그래서 가끔 어지럽기도 하고 문득 눈이 시리기도 하며 그러다 보면 자꾸 마음이 시큰거리기도 하는 그런 곳이다.

  작은 학교는 반 편성도 특별하다. 반 편성이라 해봤자 A4 한 장에 다 들어오는 학생 명단을 들고 두 학급으로 나누는 게 다인데, 결코 만만한 작업이 아니다. A와 B는 절대 같이 두면 안 되는데, B와 C도, C와 A도 절대 같은 반에 두어서는 안 되는 진퇴양난의 경우가 많기 때문이다. 그럴 때면 동학년의 가여운 두 담임은 머리를 맞대고 "반이 열 개쯤 돼야 할 거 같은데요" 하며 60학급의 부질없는 꿈을 꾼다. 담임 손에 붙들린 채 어디로도 갈 수 없는 아이들의 이름은 한참을 꿈쩍하지 못하고 보름달처럼 떠올라 두 담임의 목구멍을 막을 뿐이다.

기안이 뭔지, 에듀파인이 뭔지도 모르는 작은 학교의 신규는 당연하게도 동기들보다 많은 업무를 부여받은 채 하루 종일 씨름을 한다. 학교의 모든 구성원이 "모르면 얼마든지 물어봐" 하시며 따스하게 어깨를 두드리지만, 자고로 신규란 자기가 뭘 모르는지도 모르는 법이다. 발령식 때 받은 꽃다발은 아직 물기를 머금고 있고, 어쩜 그보다 좀 더 발간 볼을 가졌을 신규는 업무가 생길 때마다 첨부파일을 고대로 뽑아 부장님께 달려가서는 "이거 어떻게 하는 거예요?" 하고 찰흙 한 덩이처럼 뭉툭한 질문을 툭, 내던지는 게 최선인 것이다.

그 당시 우리 학교 교장 선생님은 업무적으로 꽤나 철저한 분이셨고, 선생님들은 업무를 추진하실 때마다 교장실로 불려가곤 했다. 당연히 나 역시 하루에 한두 번씩 교장실을 들락거려야 했는데, 교장 선생님은 어느 날 도저히 안 되겠는지 "자, 앉아봐" 하시곤 내 기안문을 하나하나 고치기 시작하셨다. 다른 선생님들은 기함을 하셨지만 난 차라리 그게 낫다고 생각했다. 아는 것도, 상할 자존심도 없으니 딱히 문제될 일이 없었다.

교장 선생님이 업무적으로 사람을 좀 피곤하게 하긴 하셨지만, 결코 나쁜 분이라는 생각은 한 적이 없다. 어느 날은 옆 반 선생님께 "그래도 우리 교장 선생님 좋은 분이지 않아요?" 했더니 선생님은 눈이 동그래지시면서 "왜 그렇게 생각해?"라고 반문하셨다. 나는 "저한테 웃으면서 인사해 주시던데요!"라고 대답했고, 그 순간 웃음과 황당함을 절묘하게 배합하여 "크흑" 내뱉으시는 선생님을 보며, 나는 내가 얼마나 단순하고 납작한 인간인지 알 수 있었다. 그래도 뭐, 좋게 말하자면 그 구역 긍정왕이기도 했다.

정말이지 교장 선생님은 내 기준에 꽤 친절하신 분이었는데, 언젠가 또 나를 교장실로 부르셔서 내 찰흙 덩어리 같은 계획서를 날렵한 봉황으로 조각해 주시던 때였다. 아마 그때 내 표정은, 내다 버리기엔 뭐하고 까서 먹기엔 애매할 정도로 적당히 썩어 있었을 것이다. 그도 그럴 것이, 발령식 때 받은 꽃다발은 이미 바싹 말라버렸을 정도의 시간이 흘렀고, 내 안색은 딱 그만큼 거무튀튀해졌으며, 나는 3월에 웃어주지 말라는 부장님의 말씀을 거역한 대가로 아이들 앞에서 바락바락 소리를 지르다 결국 12색 사인펜 세트를 교실 바닥에 집어던진 직후였기 때문이다.

'이 구역 마지막 긍정왕은 죽.었.다.'

나는 속으로 과거의 나에게 애도를 표하며 영혼 없이 펜을 움직였다.

교장 선생님은 한참의 일장 연설을 마치고 대뜸 나에게 "저축은 많이 하고 있나?" 하고 물으셨다. 생뚱맞은 스몰토크에 "네?" 하며 시선을 올리니, 대답을 종용하듯 "한 달에 한 200 정도는 저축하나?" 하시는 거다. 놀리는 건가 하기엔 뭔가 묘하게 인자하신 표정이다. '세상에, 200이라니요. 대출까지 받아서 저축을 하란 말씀이신가요? 게다가 회식 때 보셨겠지만 저는 밥만 챙겨 먹어도 기둥 뿌리가 뽑혀나갈 지경인데요.' 하고 싶은 말은 차고 넘쳤지만 나는 멋진 요약 실력을 발휘하여 이 모든 걸 한 문장으로 압축했다.

"월급이 200이 안 되는데요."

나는 왠지 모를 억울함에 박봉에 대한 원망까지 꾹 눌러 담아 낮은 라를 겨우 넘어서는 음으로 대답했다. 교장 선생님은 "아, 그래?" 하며 뒤에 우물우물 변명 아닌 변명을 하셨는데, '한 달에 한 200 정도'의 충격이 워낙 커서 뒷얘기는 기억도 나지 않는다. 어쨌든 신규 교사와 나름 좋은 관계를 형성해 보려던 교장 선생님의 시도는 딱히 성공적이지 않았다.

그렇지만 나는 그날 교장실을 나오면서 '오, 이거 두고두고 떠들 만한 썰이 되겠군' 하며 입꼬리를 끌어올렸다. 그리고 그날의 기억을 꾸역꾸역 저장해 두었다가 몇 년이 지난 지금 이렇게 글까지 쓰고 있으니, 뭐 어찌 됐든 남는 장사다.

죄송하지만 죄송하단 말은
취소하겠습니다

지혜는 모두에게 예쁨받아야 하는 아이였다.『수학의
정석』뒤를 이어『예쁨받을 법한 아이의 정석』이 출간된
다면 저자의 영광을 누릴 만했다.

시업식 다음 날, 아이들을 하교시키고 얼마 지나지
않아 누군가 노크를 했다. 지혜였다. 그 애는 부모님이
준비하신 게 분명할 스타벅스 텀블러를 나에게 건넸고,
손으로 크게 하트를 그리며 날 보고 사랑한다고 했다.
누가 봐도 올해 잘 봐달라는 의사의 표현이었다. 3월의
사랑 고백은 아무래도 부대끼지만 어린애들은 그럴 수
있다고 생각하는 편인데도 그 순간만큼은 표정 관리가
안 됐다. 마치 부모가 내준 숙제를 수행하듯 지혜의 목

소리와 눈빛이 영 어색해서 그걸 받아치는 내 반응도 별로 자연스럽지 않았을 거다.

방과 후 빈 교실까지 찾은 정성은 갸륵했으나 안타깝게도 나는 아이들이 아무렇게나 접어준 색종이 개구리에는 심장이 부풀어도 만난 지 얼마 되지도 않은 학부모의 선물엔 두드러기가 나곤 했다. 교사는 그런 걸 받아선 안 되고 고로 그런 걸 주지 말자는 게 사회의 약속이란 것을 뻔히 알면서, 학기 초부터 그런 반칙을 저지르는 어른의 속내가 좀 비겁하다고 생각했다. 나는 고마우나 편지와 마음만 받겠다는 말을 끝으로 선물을 돌려보냈다.

그 후에도 지혜는 내 맘에 들고자 부단히 노력했다. 나도 그 애의 노력을 꾸준히 알아차렸으므로 우리 사이에는 문제가 없었다. 다만 줘서는 안 되는 선물을 내미는 그 애의 부모처럼, 그 애도 해선 안 되는 일까지 한다는 게 문제였을 뿐이다.

어느 국어 시간에는 시를 썼다. 지난 수업에 미리 예고한 활동이었다. 나는 아이들이 써온 시를 공들여 읽고 그중 가장 괜찮은 부분을 찾아 한 명 한 명 모두 칭찬해 주었다. 지혜의 시는 아이 같은 발상을 한 어른스러운 시였다. 기존에 있는 시를 베껴온 탓이었다. 지혜 입장에서 말하자면 운이 나쁘게도, 내 취미는 시를 필사하고 암송하는 거였다. 그 애가 열심히 준비해 온 시는 이미 나에게 익숙했다.

나는 우선 그 아이의 시를 칭찬한 후, 좀 뜸을 들이고 짐짓 모르는 척 "어? 근데 이 시 어디서 본 것 같다. 우연인가? 시인처럼 잘 썼네" 하고 칭찬인 듯 아닌 듯 그 애의 양심을 쿡 찔렀다. 그러자 지혜는 주춤주춤 반 발짝을 물러서며 "아…" 하고 흉곽을 쥐어짜는 소리를 냈다. 그리고 다시 써오란 말을 한 적이 없음에도 "선생님, 다시 써봤어요" 하며 친구들과 비슷한 수준의 새 시를 지어 가지고 나왔다. 나는 태연하게 "이 시가 더 마음에 와닿네. 이 표현이 참 좋구나" 하고 그 사태를 넘겼다.

들켜버린 일탈을 만회하려는 듯, 지혜는 그 후로도 계속해서 내가 좋아할 것 같은 말을 하고 내가 좋아할 법한 행동을 했다. 정확히 말하자면 그런 것'만' 했다. 늘 깔끔한 옷차림과 매일 달라지는 머리스타일을 하고서 그 애는 내 말에 가장 크게 고개를 끄덕였다. 언제나 내 눈치를 살피는 그 애의 눈동자는 대시보드에 붙여놓은 노호혼처럼 흔들렸으나, 당시 나에겐 복도를 질주하거나 리코더로 꽹과리 소리를 내는 장난꾸러기들을 목청으로 제압하는 일이 더 시급했으므로 그런 건 별 문제가 되지 않았다.

그리고 어느 날, 지혜 어머님의 전화를 받았다. 무작위로 자리를 바꾼 날이었는데, 짝꿍이 지혜 마음에 안 든다는 거였다. 좀 이상했다. 이런 사태를 예방하고자 자리를 바꾸기 전에 늘 "짝꿍이 마음에 안 들 수도 있어. 그래도 친구 면전에 대고 싫다는 티 내지 마. 그리고 어차피 한 달 있으면 또 바꾸니까 팔자려니 하렴" 하며 인생의 7할을 담당한다는 랜덤 맛을 스쿱으로 퍼 먹여주곤 했기 때문이다. 따라서 우리 반 아이들은 자리를 뽑은 자기 손을 붙들고 괴성을 지르거나, 다음 달에 더블로 다가올 행운을 막연히 소망할지언정 합당한 이유 없이 자리를 바꿔달라는 일은 없었다. 그것도 직접 말하는 게 아니라 부모를 통해 온 연락이라니. 어쨌거나 학교에서의 일은 아이와 이야기해야 하기에 나는 상황을 파악하고자 이튿날 지혜를 불렀다.

"지혜야, 혹시 바뀐 짝꿍이 마음에 안 드니?"

혹여 입 모양이 보일까 봐 칠판 쪽으로 몸을 돌리고 속삭이자 지혜는 급히 손사래를 치며, "아뇨, 아뇨. 괜찮아요"라고 대꾸했다. 나는 재차 삼차 질문의 내용을 바꿔가며 뭐가 문젠지 파악하고자 했으나 지혜는 기어이 아무 문제도, 자리를 바꾸고자 하는 의지도 없음을 피력했다. 전날의 통화와 전혀 다른 상담 내용이 마음에 걸렸지만 난 어쩔 수 없이 알겠노라며 지혜를 자리로 돌려보냈다.

그리고 그날 저녁, 나는 잔뜩 화난 지혜 어머님의 전화를 받았다. 왜 자리를 바꿔주지 않느냐는 거였다.

"지혜에게 타당한 이유나 사정이 있으면 자리를 바꿔주려고 물어보았는데 괜찮다고 하더라고요. 그리고 학교폭력 같은 문제가 있는 것도 아니니 마음에 들지 않는 친구랑도 지내봐야 하지 않을까요? 모두가 그렇게 생활하고 있습니다."

"아니, 제가 어제 바꿔달라고 말씀드렸잖아요. 애가 얼마나 힘들면 집에서 울었겠어요? 교실에 다른 친구들이 있으니 말을 못 한 거잖아요! 진짜 실망했습니다. 앞으로 졸업 때까지 우리 애한테 말도 걸지 마세요!"

순간 할 말을 찾아 뱅글뱅글 돌아가던 버퍼링 신호는 완전히 멈추었다. 본인이 원하지 않는다고 얘기한 걸 어쩌란 거지? 게다가 공개적으로 말한 것도 아니고 모두가 노느라 담임에겐 관심도 없는 쉬는 시간에 교탁 앞으로 불러 소곤소곤 물었을 뿐이었다. 안타깝게도 학교는 온 공간에 사람이 바글바글하고, 완전한 분리를 해야 할 만큼 '자리 바꾸고 싶다'는 용건은 중차대한 사안이 아니었다. 그럼에도 지혜가 압박감을 느꼈다면 "선생님, 다른 데에서 얘기할 수 있을까요?"라며 날 데리고 나가든가, 쪽지를 쓰거나, 남아서 얘기할 수도 있었다. 지혜는 6학년이었고 그 정도 난관을 타개할 방법은 상식 선에서도 놀부네 곳간처럼 차고 넘쳤다. 따라서 내 상식에서 완전히 벗어나는 힐난에 관자놀이에 비비탄 총을 맞은 것처럼 골이 욱신거렸다.

말씀이 끝나셨으니 무슨 대꾸를 하긴 해야 하는데 일천한 경력과 더러운 성격 탓인지 '어쩌라고' 외엔 어떤 글자도 떠오르지 않았다. 수습은 해야 하니 일단 머릿속에 살고 있는 기쁨이와 슬픔이, 소심이, 버럭이, 까칠이를 총동원하여 부지런히 할 말을 찾았다. 불행하게도 기쁨이는 뇌 밖으로 증발한 상태였고 까칠이와 버럭이만 입을 나불댔다. '야! 질러버려! 말을 안 하는데 내가 어떻게 알아?'

그 당시만 하더라도 '죄송하다'는 말이 어렵지도 않던 시절이었으므로 나는 얼마든지 그 말을 할 준비가 되어 있었다. 그러나 그 앞에 붙일 말이 도저히 떠오르지 않았다. 죄송한 이유는 뭘로 하지? 지혜가 진짜로 하고 싶은 말이 있는 걸 눈치채지 못해 죄송합니다? 지혜가 할 말이 있는 것 같으니 다른 학생들이 있든 말든 교실을 비우고 나갔어야 했는데 그러지 못해서 죄송합니다?? 지혜가 괜찮다고 했어도 제가 눈치껏 자리를 바꿔야 했는데 그러지 못해서 죄송합니다???

나는 할 말을 고르고 골라 입을 열었다.

"어머님, 모든 아이들이 같은 환경에서 지내고 있습니다. 교실엔 항상 아이들이 많아요. 그리고 저는 일과 중엔 다른 아이들도 지켜봐야 해서 자리를 비우기 어렵습니다. 제 딴에는 아무도 주목하지 않는 상황에서 대화를 시도한 거지만 지혜가 압박을 느껴 말을 하지 못했다면 추후에 쪽지를 써도 되었고 방과 후에 찾아와도 됐습니다. 다른 학생들도 모두 다 그렇게 생활하고 있어요. 그런데 지혜가 아무 얘기도 하지 않으면 저는 지혜가 무슨 생각을 하는지 알 수 없고 지혜를 도울 방법이 없습니다. 애가 괜찮다는데 어머님 말씀만 듣고 자리를 바꿔줄 순 없잖아요. 게다가 그 이유를 다른 학생들에게 설명할 방법도 없고요. 그리고 이건 지혜와 저 사이의 일입니다. 지혜가 하고 싶은 말이 있으면 불편하더라도 저한테 직접 말하도록 연습시켜야 하지 않을까요?"

스타벅스 텀블러를 건넬 때만 해도 다른 친구들 눈을 피해서 빈 교실 문을 잘도 두드렸던 그 애를 떠올리며, 나는 불편한 상황에서는 갑자기 '담임과 일대일 대화하는 법'을 홀랑 까먹어버린 그 애의 엄마에게 차분히 방법을 설명드렸다.

어머니는 할 말이 없는지 "그래도… 그래도…"를 반복하셨다. 그 말이 맞긴 한데 아이의 감정이 다친 걸 어쩔 거냐는 거였다. 결국 나는 아무렇게나 뇌를 헤집어 내 잘못을 구상한 후 보기 좋게 전시했다.

"지혜가 절 더 편하게 생각했다면 어떤 방법으로든 말했을 텐데, 라포 형성을 제대로 하지 못한 제 불찰인 것 같아 죄송합니다."

짧은 사과에는 '자, 여기 제 소신과 직업인으로서의 양심과 자존심을 공짜로 팝니다. 다 사 가시면 교육관도 덤으로 끼워드려요. 대신 절 그냥 좀 놔두세요'라는 장삿속도 포함이었다. 안타깝게도 그게 그 당시 내가 할 수 있는 가장 띨띨한 최선이었다. 그러니 '앞으로 조심하라'는 그 애 엄마의 치욕스러운 충고를 듣는 것이야말로 나한테는 미안하지만 진짜로 내 탓이었다.

규칙보다 자녀의 감정이 중요한 시대이다 보니 원칙을 어기고 자신의 사정을 봐달라는 민원이 놀랍지는 않았다. 그러나 민원의 내용보다 더 답답한 건 전달 방식이었다. 단체생활은 네 맘대로 하는 게 아니니 불편해도 참아보라는 가정교육은 이제 바라지도 않는다. 그러나 왜 그럴 때 "지혜야, 그건 학교에서 일어난 일이니까 네가 선생님께 직접 말씀드려 봐. 그래도 해결이 안 되고 엄마의 도움이 필요하면 그때 다시 얘기해"라고 자녀에게 기회를 주는 부모마저 자바코뿔소마냥 점점 멸종 위기에 처하는가.

불편한 일을 스스로 해결하도록 하고 안 되는 일에 좌절했다가 극복하는 법을 가르치는 일이야말로 교육이 아닌가. 구구단만 배울 거면 집에서 인터넷 강의를 보면 될 것이고 오직 사랑만 받을 거라면 집 밖으로 나가지 않으면 그만일 텐데 굳이 학교에 책가방을 둘러메고 오는 건 명백히 그런 걸 배우기 위함이다.

건강한 밭에는 벌레가 살고 우정을 쌓다 보면 때로 눈 흘길 일이 생기며, 몸이 깨끗해지려면 싫어도 똥꼬까지 구석구석 씻어야 한다는 삶의 지저분하고 지루한 진리들 말이다.

그러나 자기 자식의 삶에 오로지 꽃송이만 놓이길 바라는 일부의 학부모들은 아이가 불편한 말을 할 기회를 부지런히 소거하므로, 아이가 역경을 버티는 힘은 자라기도 전에 거세된다. 살면서 배워야 할 것을 배우지 못하게 막는 건 내 시각에 적극적인 방임과 다를 게 없었다. 교육의 목표가 독립이란 걸 모르는 부모야말로 아이 인생의 훼방자라고 느껴졌다.

나는 지혜가 왜 그렇게 모두에게 예쁨받아야만 하는 어린이로 컸는지 단박에 납득했다. 그 애 부모에겐 귀한 외동딸의 모든 감정이 너무 소중했을 것이고 아이가 인정받고 칭찬받는 경험만 하도록 온 세상을 재구조화했을 거였다. 불편한 말은 부모가 대신해 주고, 별것도 아닌 간단한 숙제에도 항상 손을 대주어 '우리 지혜 참 잘하네'라는 말을 기어이 그 애의 삶 속으로 꾸역꾸역 침투시키면서 말이다.

그러니 지혜는 모든 불편한 상황에 극도로 유약한 채훌쩍 웃자라버렸고, 모든 게 완벽해야 하니 시를 베끼고, 내 입에서 칭찬이 나올 때까지 재롱을 부리며, 조금이라도 불편한 상황에 처하면 하고 싶은 말도 꿀꺽 삼켜버리는 재주를 무럭무럭 키워온 거다.

가여운 지혜. 너의 모든 행동은 사실 네 잘못이 아니구나. 넌 그냥 키우는 대로 자란 것뿐이었어. 슬라임보다도 물렁한 마음으로 세상을 살아가려니 얼마나 버거울까.

나는 전화를 끊고 침대에 풀썩 쓰러지며 생각했다.

그 일은 그해의 교원평가에서 '아이의 감정을 소중히

생각하라'는 교직 인생 중 처음 들어보는 악평을 마주하는 것으로 무사히 마무리되었는데, 시간이 지날수록 그때 그 고압적인 목소리에 습관처럼 '죄송하다'는 말을 내뱉은 나 자신에게 화가 났다. 순간의 비겁함으로 인해 그 어머님이 앞으로도 지혜를 그런 식으로 키울 거라 생각하니 부아가 치밀어서 내 목 위에 달린 게 머리통인지 갓 구운 타코야끼인지 구분이 되지 않았다.

그 후에, 나는 내가 죄송하지 않은 일에 죄송하단 말을 하고 나면 화병에 걸려버리는 인간임을 깨달았다. 그 덕에 갑을병정무기경신임계 중 '계' 정도의 위치에서 굽신거리던 과거를 청산했고, 학부모가 아무리 민원을 쑤셔넣어도 '그것 참 안타까운 일이네요'라든가 '속상하셨겠어요'라는 말은 할지언정 '죄송하다'는 말은 함부로 하지 않는다(물론 내 잘못일 땐 지체 없이 한다. 나는 주로 뭔가를 깜빡 잊어서 진짜 잘못을 저지르곤 하는데 그럴 땐 바로 '헉, 죄송합니다'를 재채기처럼 외친다. 그건 거의 본능이다).

지혜 어머니라는 훌륭한 개발자를 만나 나는 이제 내 잘못이 아닌데 죄송하단 말을 하면 혀가 잘려버리는 인간으로 코딩되었다. 그분이 입바른 교사를 만들어낸 공로는 높이 살 만하나, 그 대가가 자기 자식의 성장이었다는 사실을 알까 싶어 씁쓸하기만 하다.

다음 번엔
나도 꼭 돈가스를

나는 서른네 살이다.

원래 서른다섯이었는데 열심히 살았더니 나라에서 한 살을 삭쳐주었다.

젊지만 어리다고 우기기엔 민망한 나이다.

얼마 전 교육청으로 며칠 출장을 다녀왔다. 몇 시간 동안 가만히 앉아 서류를 검토하느라 정신이 혼미해질 무렵, 저녁 식사 시간이 됐다. 나는 서류를 검토할 때와는 차원이 다른 집중력으로 돈가스와 오므라이스를 비교하다가 오므라이스를 선택했다.

그리고 잠시 후 식사 자리가 마련됐다. 육개장과 돌솥 비빔밥 등 한식 일색의 구성 속에 손바닥만 한 돈가스 세 개가 눈에 띄었다. 우연히도 열두 분의 선생님 중 신규 선생님 세 분만 돈가스를 시킨 거였다.

"어머, 막내 선생님들만 돈가스 시키신 거 봐!"

인근 학교 교감 선생님이 귀여워서 어쩔 줄 모르겠단 말투로 말씀하셨다.

"돈가스는 어린이 메뉴잖아? 어린이 맞네, 맞아."

다른 교감 선생님도 거드셨다.

순간 이상한 소외감이 느껴졌다. 이제 이쯤에서 누군가 '어? 이세이 선생님은 왜 돈가스 안 시킨 거야!' 하며 날 막내 선생님 축에 끼워 넣어주어야 하는데, 아무도, 아무 말도 없는 거다.

'어라? 나도 어린데?'

셀프 PR 시대이므로, 난 용감하게 입을 열었다.

"아, 오므라이스랑 돈가스랑 고민했는데 돈가스 시킬걸 그랬어요!"

"에? 막내 선생님 팀에 끼려고?"

교감 선생님이 장난스럽게 날 찔렀다.

"아, 아깝다. 낄 수 있었는데."

내가 상 위를 주먹으로 살짝 내리치며 아쉬워하자 다

른 학교 교감선생님께서 말씀하셨다.

"선생님은 몇 년 차세요?"

"10년 차요!"

"에이, 막내 선생님들이랑 한참 차이 나네! 저분들은 신규야, 신규!"

"왜요! 대충 비슷해요!"

어른 앞에선 고개를 조아리는 법만 배웠던 나는 그 순간만큼은 사력을 다해 항변했다.

그러자 그분은 내 귀에 대고 부드럽게 속삭이셨다.

"선생님, 그런 거로 우기면 안 돼용"

이럴 수가.

그건 여태껏 날 무너뜨린 말 중 가장 다정했다.

그분이 내 연식을 지적해 주지 않으셨더라도 나이가 들어가는 것쯤은 조금씩 느끼고 있다. 신규 선생님들이 못 견디게 예뻐 보인다는 게 그 증거다.

내가 신규일 땐 진짜 '예뻐야' 예쁘다고 생각했는데 이젠 숨만 쉬어도 예뻐 보인다. 사근사근하면 사근사근 해서 예쁘고, 긴장하고 있으면 그것대로 귀엽다. 몇 년 전 선배 선생님들이 내 그림자마저 싱그럽다고 추켜세워 주시던 마음을 알아가고 있다.

그러나 내 어린 시절은 몽땅 지나버렸고, 이젠 복도에서 눈을 반만 뜨고 걷다가 어제 잠 못 잤냐는 질문만 받는다. 그럼 난 아홉 시간도 더 잤지만 "네… 피곤하네요…" 하고 만다. 최상의 컨디션임에도 그 꼴인 것을 인정하고 싶지 않기 때문이다.

내가 생기를 잃고 중닭이 되어가는 동안, 병아리 같은 신규 선생님들이 하나둘 발령을 받고 학교로 온다.

요즘 그 유명한 'MZ세대'들은 일을 시키면 "제가요? 이걸요? 왜요?" 하며 도끼눈을 뜬다고들 하던데, 운이 좋은 건지 복이 많은 건지 내가 만난 신규 선생님들 중 그런 분은 안 계셨다. 오히려 "선생님, 수업 자료 만들었는데 필요하시면 쓰세요!" 하며 신규 교사의 패기와 정성이 담긴 자료들을 공유해 주시고, 내내 덜렁거리다가 할 일을 잊는 날 부지런히 챙기기까지 하신다. 그럼 나는 곧장 "아유, 이 능력 어쩔 거야!" 하며 호들갑을 떤다. 그때 히히 하고 쑥스럽게 웃는 모습을 보면 그게 또 그렇게 예쁠 수가 없다. 이쯤 되면 내가 낳았나 싶다.

일머리 없는 내가 할 수 있는 건 찬양과 간식 제공밖

에 없다. 참새의 습성을 가진 나는 15분의 출근길 동안 늘어선 대략 50여 군데의 가게를 결코 외면하지 못하므로, 출근을 할 때마다 단지바나나우유와 아이스아메리카노, 초콜릿과 약과를 번갈아가며 부지런히 사 온다. 선생님들과 그걸 나눠 먹으면 선생님들은 "뭐야 뭐야~ 센스 뭐야~!" 하며 기분 좋게 받아주시곤 한다. 물도, 간식도 직접 사 먹어야 하는 우리의 소소한 즐거움이다.

그리고 얼마 전 전담실에 새로운 선생님이 오셨다.

말씀이 별로 없으셔서 아직도 친해지지 못했다. 넉살 좋게 먼저 말을 걸고 친한 척을 하고 싶지만 내향형 인간에게 그런 건 아무래도 어렵다.

도움이 필요한 게 있으면 편하게 물어보란 말이 무색하게 선생님은 혼자 모든 걸 척척 해내셨다. 그리고 '역시 난 내 걱정이나 하면 된다'는 걸 깨달을 때쯤, 운동회가 열렸다. 운동회는 붕 뜬 아이들과 신체 활동, 번잡함이라는 위험 요소를 두루두루 갖추고 있으므로 돌발 상황이 생기기 딱 좋다. 자연스럽게 신경이 곤두서는 행사이기도 하다.

신규 선생님은 그날 고학년 운동회를 지원하게 됐다.

난 출근길 편의점에 들러 2+1인 커피를 샀고, 아침에 그 걸 스윽 내밀었다.

"선생님, 오늘 고생 많으시겠네요. 힘내세요…"

그런데 울상을 지을 줄 알았던 선생님이 기운차게 방 긋 웃으시더니 "감사합니다! 저 오늘 첫 운동회라서 설 레요!" 하는 거다.

어깨와 입꼬리가 동시에 솟아올라 있는 걸 보니 빈말 이 아닌 듯했다.

설레…? 학교 일이 설레다니. 난 학사 일정 두 바퀴째 부터 떠올려본 적 없는 기분이었다.

"아…? 아아! 오~ 축하해요! 애들 계주 진짜 재밌을 거예요."

기뻐하는 선생님의 사기를 꺾을 수 없었던 나는 덩달 아 선생님의 운동회 데뷔를 축하해 드렸다.

그리고 잠시 뒤 신규 선생님으로부터 메시지가 왔다. '첫 운동회라 설레면서도 어떻게 해야 할지 몰라 막막했 는데…'로 시작하는 장문의 진지한 커피 감상문이었다. 다짜고짜 운동회 데뷔를 자랑한 게 맘에 걸렸던지 아주 공손한 감사 메시지를 따로 보내신 거다. 고작 간식 하

나를 나눠드렸다가 그런 장문의 편지를 받은 건 처음이
었다.

세상에, 그 커피가 뭐라고. 정말 너무 귀엽지 않은가.

신규 선생님들이 자꾸 이러시니 신규 교사 타이틀은
욕심이 날 수밖에 없다.

귀여운 게 최고니까.

나도 다음엔 꼭 돈가스 시켜야지. 히히.

춤추는
고래 메이커

3학년들의 영어 시간은 체육 시간과 크게 다르지 않다. 수업 시간 중 10분 이상은 영어 노래에 맞춰 춤을 추든가, 조사 활동을 하며 돌아다니든가, 몸으로 말하고 영어로 맞히든가, 하여간 난리 버거지를 피워 혼을 쏙 빼놓는다.

나도 덩달아 힘들다. 원래 그 나이 대 애들이 흥이 많긴 하나, 내가 의자에 앉아 "춤추자!"라고 말해선 흥에 시동이 걸리지 않기 때문에 내가 제일 열심히 춰야 한다. 나는 열 살짜리들보다 몸이 길고 무거워서 한 번 앉았다 일어나는 데에도 개네보다 2초는 더 걸린다. 그걸 하루에 다섯 번이나 반복하는 건 굉장한 노동이다.

며칠 전엔 레벨별로 걷고, 뛰고, 점프하고, 노래하다가 레벨 6까지 통과하면 오트밀 쿠키를 주는 활동을 했다. 같은 레벨끼리 만나 "Can you walk(너, 걸을 수 있니)?", "Yes, I can(응, 그럼)." 하고 대화를 나누고 가위바위보를 해서 이긴 학생은 레벨 2로 올라가는 방식이었다. 활동을 하는 내내 아이들은 부지런히 걷고, 강시처럼 콩콩 점프를 하고, 제자리에서 뜀박질하느라 땀을 뻘뻘 흘렸다. 비명처럼 "Can you swim(너, 수영할 수 있어)?"을 외치고, "No! I can't(아니, 나 수영 못해)!"라고 대답하느라 교실은 시끌벅적했다.

나의 역할은 자리에 앉아, 모든 레벨을 통과한 아이들에게 오트밀을 쥐어주며, "레벨 1부터 다시 하세요" 하고 점잖게 돌려보내는 것. 그럼 아이들은 "으아!" 외마디 비명을 지르고는 다시 위풍당당 걸어가 친구들을 만났다.

평소에 워낙 간식을 주지 않다 보니 아이들도 더 신이 난 듯했다. 그렇게 같은 수업을 세 시간 반복하고, 네 번째 학급에서 게임을 할 때였다. 한 아이가 쭈뼛쭈뼛 다가왔다.

"6단계까지 다 통과했어?" 나는 오트밀 과자를 하나 집어들며 물었다.

그러자 그 아이는 몸을 뒤로 빼며 "아, 그게 아니라요" 하고 말했다.

"저 아까 착각해서 레벨 4 안 했는데 과자 받았어요."

그리고 오트밀 과자를 도로 내게 내미는 거였다.

"응? 안 했다고?"

"네. 레벨 4 한 줄 알았는데 다시 보니까 안 했어요. 그래서 이거 돌려 드리려고…"

그 애는 아마 내게 과자를 받고 다시 1단계부터 하다가, 이전에 4단계를 빠트렸단 걸 뒤늦게 깨달은 모양이었다. 100명이 넘는 학생들 중 그런 말을 한 아이는 그 애가 유일했다. 몇몇 아이를 관찰하다 보면 슬쩍 레벨을 두 단계씩 올리는 아이도, 가위바위보를 져놓고 다음 단계로 동작을 슬쩍 바꾸는 아이들도 있었다. 어떤 아이는 그 짧은 시간 동안 네 번이나 와서 "다 했어요!"를 외쳤는데, "벌써?"라고 말하면서도 나는 순순히 오트밀을 내어주었다. 그런 걸 일일이 심판대에 올리는 건 불가능했고, 신나게 영어 공부를 하면 그만이라고 생각했기 때문이다.

　그런데 이 아이는 이미 받아버린 과자를 굳이 반납하러 온 거다. 난 그런 게 참 어려운 일이라고 생각한다. 어차피 아무도 신경쓰지 않고, 아무도 알 수 없는 일이기 때문이다. 그 애는 평소 조용한 아이였고, 나에게 말을 건 것도 그때가 처음이었다. 그런 상황에서 자기의 실수를 얘기하는 건 더 어려웠을 거다.

　"수예야, 혹시 이거 싫어해?"

　내 물음에 그 애는 "아니요" 하고 고개를 저었다.

　"그럼 이거 가져가서 먹어. 괜찮아. 4단계는 다시 해보자."

　그 애는 오트밀을 두 손으로 받아들고 고개를 꾸벅 숙이더니 다시 아이들 속으로 사라졌다.

　몇 분이 지나고, 나는 활동을 마무리했다. 아이들은 저마다 과자 몇 개를 받았는지 자랑을 해댔다.

　"얘들아, 게임의 목적은 이기는 건가요, 영어 공부를 하는 건가요?"

　"영어 공부요!"

　"오늘 친구 만나서 우리가 배운 영어로 묻고 답한 사

람 손 들어볼까?"

아이들은 우르르 손을 들었다.

"잘했어! 머리 쓰다듬어 줄까요? 아이고, 잘했다!"

"아이고, 잘했다!"

아이들은 열심히 자기 뒤통수를 쓰다듬었다.

"오늘 과자 하나도 못 받은 친구들은 선생님한테 나
와서 하나씩 받아가세요. 열심히 했으니 주는 거예요.
그리고…"

나는 수예를 쳐다보며 말을 이었다.

"오늘은 선생님이 꼭 칭찬하고 싶은 친구가 있어."

아이들도 내 시선을 따라 수예 쪽을 쳐다보았다.

"수예가 아까 오트밀을 받아갔는데, 단계 하나를 빠
뜨렸다고 선생님한테 과자를 돌려주러 왔더라고. 홀랑
먹어버려도 아무도 모를 텐데, 솔직하게 말해 줘서 선생
님이 참 감동받았어. 수예 앞으로 나와볼래?"

수예는 쭈뼛쭈뼛 나에게 다가왔다.

"이건 선생님 먹으려고 갖고 다니는 간식인데, 엄청
맛있거든? 이거 선물로 줄게요."

수예는 눈이 동그래지더니 이내 "감사합니다" 하고

는 그걸 받아 돌아서셨고, 아이들은 웅성거리다가 우레와 같은 박수를 보냈다.

이런 순간은 정말 짜릿하다. 나도 사람이라 좋은 말을 할 때 기분이 좋기 때문이다. 수예처럼 행동이 반짝반짝 빛나는 아이를 보면 하루가 통째로 즐거워질 정도다. 게다가 '선생님'이라는 꼬리표를 달고 있는 덕에 같은 칭찬이라도 내가 하는 칭찬은 아이들에게 조금 더 큰 의미가 될 수 있다는 걸, 나는 안다.

학부모님들도 비슷한 생각인지 내게 그런 부탁을 많이 하신다. 우리 아이는 칭찬해 주면 잘하니 칭찬을 많이 해주란 당부다. 심지어 가끔 본인 아이에게 해준 칭찬이 마음에 든다는 학부모의 연락을 받기도 한다. 자기 자녀를 잘 칭찬했다고 칭찬받을 때의 기분은 미묘하게 구리다. 부모님들이 굳이 그러지 않아도, 교사는 아이의 장점이 드러난다면 그것을 적극적으로 칭찬한다.

높은 자존감이 인간의 필수 구성 요소가 된 시대, 부모들은 아이의 가능성과 자존감을 드높일 도구로 칭찬을 선택하기에 주저함이 없다. 나도 노력한다. 아이들의 학습 결과물을 보면 악착같이 칭찬할 점을 찾아낸다.

칭찬을 할 때에는 오버를 곁들이는 게 효과가 좋다. "이야~! 역시! 우리 하람이 높이뛰기 연습 열심히 하더니 자세 진짜 좋아졌네!" 하면서 손바닥을 척 내밀면 아이들은 풀스윙으로 하이파이브를 때린다. '우리 선생님의 좋은 점'을 쓸 때에 어떤 아이는 '칭찬을 많이 해주신다'가 아니라 '칭찬을 시원하게 해주신다'는 표현을 썼다. 아무래도 내 칭찬엔 쾌변 같은 힘이 있나 보다. 입이든 똥꼬든 하나라도 시원하니 축복이라고 생각한다.

그런데 일부 학부모들은 칭찬의 주인공이 자기 자녀일 때에만 의미가 있다고 생각한다. 그건 큰 착각이다. 교사가 한 아이를 칭찬하는 순간 교실 분위기가 어떻게 되는지 아는가? "와~ 선생님이 시키지도 않았는데 승재가 교실 쓰레기를 줍고 있네" 정도의 말만 하더라도 다른 아이들이 벌떼처럼 쓰레기를 줍기 시작한다. 대부분의 아이들은 이런 상황에서 '아, 저런 행동은 칭찬받는구나, 나도 해야겠다'고 생각한다. 사회적으로 올바른 행동은 이런 식으로 학습된다. 그런데 자녀가 이 상황에서 그 행동을 학습하지 않고 '난 재보다 못하구나. 선생님은 나를 싫어하는구나' 하며 박탈감을 느낀다면, 칭찬하는 교사와 칭찬받는 아이가 아닌, 상황을 그릇되게 해석하는 자신의 자녀에게서 개선점을 찾아야 한다.

  칭찬은 '좋은 점이나 착하고 훌륭한 일을 높이 평가하여 하는 말'이다. 모두의 기분을 좋게 하기 위해, 내 아이가 상대적 박탈감을 느끼지 않게 하기 위해 공평하게 분배하는 게 아니다. 세상에는 노력하지 않아도 가질 수 있는 게 있고, 노력으로 성취해야 하는 게 있다. 전자가 인권이라면 후자는 칭찬과 존경이다.

  나는 아이들을 존중할 것이다. 그러나 교사가 학생에게 존경을 강요하지 않듯, 부모도 교사에게 자녀의 칭찬을 강요해선 안 된다. 칭찬을 듣고 싶다면 칭찬받을 행동을 하면 된다. 학교는 아이가 사회생활을 배우는 곳이기 때문에 각각의 행동에 따라 교사의 피드백도 달라질 수밖에 없다. 교사는 그 애가 칭찬받을 행동을 했으니 칭찬하고, 그 애가 야단맞을 행동을 했으니 야단치는 것뿐이다. 그러니 아이가 칭찬받길 원한다면 올바른 행동을 할 수 있도록 북돋아주어야 한다.

  그래도 일부 학부모님들은 말씀하신다. "잘 관찰하면

모두에게 칭찬할 점이 있을 테니 골고루 칭찬해 주세요." 맞는 말이다. 난 마음만 먹으면 하루 종일 칭찬만 할 수도 있다. 학교에 시간 맞춰서 왔구나, 준비물을 가지고 왔구나, 선생님한테 인사를 하는구나, 하면서 말이다. 그뿐인가? 바지 지퍼를 잘 올렸구나, 실내화를 구겨 신지 않았구나, 수업 시간에 난데없이 춤을 추지 않는구나 같은 것도 칭찬할 수 있다. 그러나 그 행동을 처음 배우고 익히는 단계, 계속 실패하다가 마침내 성공해 낸 시점이 아닌 다음에야 이런 의미 없는 칭찬이 아이에게 도움이 될까? 칭찬은 남발되는 순간 빛을 잃는다.

더불어 나는 칭찬에도 수준과 단계가 있다고 생각한다. 어린아이는 가지고 논 장난감을 제자리에 놓기만 해도 칭찬을 받지만, 정리정돈이 익숙해진 중고등학생은 더 이상 그런 일로 칭찬받지 않는다. 세 살짜리 아이는 변기에 똥만 싸도 박수를 받지만, 나는 몇십 년째 변기에 똥을 싸는데도 아무도 칭찬해 주지 않는다(억울해라).

그러니 교사는 아이가 평소에 하기 힘들어하던 일을 해냈을 때, 이전보다 발전했을 때, 어떤 분야에서 또래보다 더 나은 성취를 보일 때 칭찬을 한다. 모두 떠들 때

바른 자세로 선생님을 쳐다보는 아이, 주인 없는 쓰레기를 스스로 줍는 아이, 선생님이 말하지 않아도 친구를 돕는 아이처럼 말이다.

그래서 때로 말썽꾸러기가 칭찬을 듣기도 한다. 평소 준비물을 자주 빠뜨리던 아이가 어느 날 스스로 준비물을 챙겨 오면, 나는 그 아이를 칭찬할 거다. 그럼 또 억울할 수 있다. '우리 애는 늘 잘하는데, 선생님은 왜 저 말썽꾸러기만 칭찬하지?' 그러나 너무 걱정하지 않아도 된다. 그런 아이는 교사가 칭찬을 놓쳐도 잘 자랄 거다. 평소 준비물을 잘 챙기는 아이는 내가 칭찬하지 않아도 늘 그러기 때문이다. 누군가 추켜세우지 않더라도, 그 행동이 그 애의 삶에 이미 녹아든 거다. 내가 변기에 똥을 잘 싸는 것처럼 말이다. 올바른 일이 너무 당연해져서 칭찬할 필요조차 없다니, 그거야말로 아이가 잘 성장하고 있다는 증거 아닐까?

서른넷,
스물다섯

가끔 그런 아이가 있다.

공부를 곧잘 하고, 또래에 비해 정신연령이 좀 높은데, 굳이 교사에게 다가오진 않고, 가끔 비스듬히 치켜뜬 눈빛으로 교사를 응시하는 아이.

별것도 아닌 이유로 소리를 빽 지르면서 남자아이들의 등짝에 손자국을 내기도 하고, 혼자 뭐가 그렇게 잘났는지 학급회의 중 서기 친구의 맞춤법을 지적하고 우쭐하기도 하는 게 행동이 영 예뻐 보이진 않는데, 그렇다고 딱히 제재해야 할 정도로 조야하진 않아서 저놈을 한번 콱 잡아야 하나, 그냥 두어야 하나 고민하게 되는 그런 아이.

이건 그때보다 물리적으로는 딱 한 뼘, 세월로는 한 20년쯤 익어 다시 초등학교 교실에 선 서른넷의 내가 열세 살의 나에게 내리는 감상평 같은 거다.

말하자면 지독한 사춘기를 겪고 있었던 거다, 그때의 나는.

내가 다니던 초등학교는 방향을 잃고 20분만 잘못 걸으면 그대로 바다에 빠져버리고야 말 것 같은 육지의 끝이었고 우리 담임 선생님은 스물다섯의 나이로 처음 교단에 선 분이셨다.

나는 그 학교에 무려 6년째 재학 중인 터줏대감으로서, 이제 막 교편을 잡은 초보 선생님에 대해 묘한 불신을 가지고 있었다. 누가 뭐래도 이 학교에 대해서만큼은 내가 더 잘 알고 있다는 게 자신감의 원천이었고, 그 시기만 하더라도 선생님을 좋아한다는 건 멋이 없었기에 나는 '우리 담탱이, 우리 담탱이' 하며 목적도 까닭도 없이 버릇없는 나날을 보냈다.

그러나 동시에 나는 선생님을 동경했다. 물론 이건 모두에게 비밀이었다. 그건 분명 멋이 없는 거였으니까.

다만 수련회에서, 보다 정확하게는 촛불을 들고 부모님을 생각하며 눈물을 쏟기 직전에 "각 반 담임 선생님들 나와서 춤 추세요!" 하는 교관의 말에 수줍게 손가락으로 허공을 콕콕 찌를 때라던가, 유난히 하얀 얼굴을 감싸는 포근한 니트를 입고 오셨을 때, 그리고 다른 반 친구와 학급 행사를 두고 은근한 기싸움을 할 때에 우리 선생님은 명백히 나의 영웅이었다.

그때만 해도 학생의 일기를 선생님이 읽는 행위를 두고 인권 침해니, 사생활 침해니 하는 논란 자체가 없었다. 초등학생이 일기를 써 선생님께 보여주는 것은 당연한 일과였으며, 일기장을 돌려받을 때면 선생님의 빨간 글씨가 있는지부터 확인하곤 했다. 가끔 '재밌는 주말을 보냈구나' 따위의 코멘트 하나만 달려 있어도 선생님과 나만의 비밀이 생긴 것만 같아 벌쭉 웃음이 지어지던 그때. 나는 특별한 일이 없는 날이면 별 고민 없이 굴러다니는 동시집의 시를 베끼기도 하고, 인터넷에서 본 기사를 그대로 뽑아 때우기도 하며 주어진 지면을 채웠다.

일기를 잘 써야겠다는 다짐은 매월 초마다 이루어졌는데, 그것은 단지, 매달 일기를 성실하게 쓴 학생에게 일기상을 수여하기 때문이었다. 상을 받고는 싶은 욕심에 1일, 2일, 3일 정도까지는 모음 하나도 한껏 구부려 쓰고, '내일의 할 일' 칸도 채워보며 정성을 쏟다가, 중순이 넘어가면 언제나처럼 방에 널브러진 동시집을 찾는 것이 6학년의 일상이었다.

월드컵으로 온 나라가 들썩이던 어느 날, 역시나 일기 쓰기가 귀찮았던 나는 대충 하루치를 때울 요량으로 어설피 시를 지어 일기장에 휘갈기곤 그대로 제출하였다. 그리고 돌아온 코멘트는, '세이는 글을 잘 쓰는구나. 우리 반 홈페이지에 올려서 다 같이 공유하면 좋겠다'라는 것이었다. 내가 20년도 지난 그때의 그 코멘트를 일기장을 헤집지 않고도 바로 떠올려 내는 건, 순전히 내가 그 칭찬이 너무 좋아 읽고 또 읽은 덕분이다.

어쩌다 선생님의 권유로 학교 대표로 글짓기 대회에 나간 적이 있다. 나는 실패를 직면할 힘이 없어 '너무, 너무 부담스러우니 대회에 나가고 싶지 않다'고 울며불며 일기장을 채우기도 했다. 그럼에도 선생님은 물러서지 않으셨고, 부아가 치민 나는 퇴고도 없이 독후감을 제출

했다. 수상하지 못한다면 그건 내 글쓰기 실력이 부족해서가 아니라 내가 최선을 다하지 않아서라고, 내 자존심을 지킬 틈을 마련하기 위함이었다. 그때 그 조악한 글로 덜컥 상을 받던 순간을, 그래서 40명의 친구들 앞에서 내 수상 소식을 알려주실 때 선생님의 그 뿌듯한 표정을, 그리고 졸업하던 날 '너는 글을 쓰는 직업을 가지면 좋을 것 같다'고 써준 선생님의 편지 한 통을, 나는 모두 기억한다.

그분은, 내가 스물이 될 때까지 유일하게 내 글을 칭찬해 주신 분이셨다.

어쩌면 아이들에게 칭찬을 많이 해주어야 한다는 교육자로서의 의례적인 사명감 같은 것이었을지도 모른다. 그럼에도 그때의 속살거림은 휘청이던 열셋의 나에게 너무나도 벅찬 것이었고 그때의 기억을 붙잡은 채 나는 누가 읽든 말든 글을 쓰는 어른으로 컸다. 더불어 그건, 교사의 말 한마디가 한 인간을 어떻게 빚어낼 수 있는지에 대한 증명이기도 했다. 그러니까 나는 선생님과 나를 근거로 삼아 교사의 꿈을 갖게 된 건데, 사실 이게 선생님의 '덕'인지 '탓'인지는 모호하다.

발령이 난 후 교육청에서 검색해 보았으나 선생님 성함을 찾을 수는 없었다. 그 당시 초임 발령이셨으니, 운이 좋다면 이 글이 선생님께 가 닿을지도 모르겠다. 그때나 지금이나 딱히 발전한 게 없으니 어쩌면 글투에서 그 시절 내 흔적을 찾으실지도 모른다고, 나는 감히 기대한다.

그리고 지금은 잔뜩 뒤틀린 것처럼 보이는 어떤 아이들도 내가 그러했듯 내 한마디를 성경처럼 품고 평생을 살 거라고, 그러니까 이 직업은 이렇게 속이 썩더라도 결국 몇몇 인간의 가장 여린 부분에 가장 또렷한 자국을 남길 거라는 믿음으로, 나는 아이들의 삶을 응시한다.

4장

그렇게 왁자지껄
우리는 어른이 된다

우리 사이는
이렇게 익어가고

올해 아이들은 참으로 조용하고 차분해서 내가 아무리 재롱을 부리고 농담을 던져도 좀체 웃질 않는다.

웃음의 역치가 낮은 장난꾸러기들의 시원한 폭소와, 덤덤한 아이들이 어쩔 수 없다는 듯 입꼬리를 삐죽대는 순간을 먹이 삼아 교직을 버티는 내겐 좀 가혹한 해일 수밖에 없다. 1년을 울고 웃으며 있는 대로 정이 들어버린 작년 아이들과 이제 막 만난 아이들을 비교하는 것은 선생의 금기지만, 나는 어쩔 수 없이 "아!" 하면 "어!" 하고 받아치던 작년의 내 새끼들이 그리워진다.

한 달째 아찔한 나날을 이어가던 어느 목요일, 그러니까 난데없이 전염병이 창궐하여 병가를 쓰는 선생님과 그 자리를 메우는 선생님들로 온 학교가 난리던 그때, 드디어 나에게도 교감 선생님의 메시지가 왔다.

'선생님, 내일 3교시에 5반 보결 좀 들어가주세요.'

아, 교감 선생님은 단 한 시간밖에 없는 나의 귀한 교과 시간을 노리고 있었다. 이대로 영영 못 본 척하고 싶었지만 쿨메신저는 카카오톡보다 훨씬 더 친절해서, 내가 호기심을 이기지 못하고 메시지를 클릭하자마자 내가 그의 쪽지를 읽었음을 교감님께 야무지게도 고했을 거였다.

쿨메신저는 어디서 만든 걸까. 상장을 하면 이 기능은 호재일까 악재일까. 세상에는 관리자보다 평교사가 더 많으니 이건 분명히 악재다. 나는 삼성전자를 다섯 주나 보유한 주식 고수답게 말도 안 되는 판단을 내리며 키보드를 두드렸다. '네 알겠습니다.' 자고로 참된 직장인이란 알고 싶지 않은 진실을 마주쳐도 일단 알겠다고 대답하는 법이다.

다음 날, 2교시를 마치고 아이들을 정돈시킨 후, 실과 교과서를 챙겨 교실을 나갈 준비를 했다. 그러자 우리 반 도겸이 눈이 동그래진다.

"선생님, 왜 실과책 가지고 나가세요?"

곧이어 다른 아이들도 웅성웅성,

"선생님, 어디 가세요?"

교과 시간을 잃었다는 상실감도 잠시, 나는 한 달 만에 비로소 이 꼬맹이들의 관심을 얻었다는 데에서 묘한 쾌감을 느끼고는, 눈썹으로 시옷 자를 만들며 한껏 절망감을 표현했다.

"애들아, 선생님은 이제 간다. 그동안 즐거웠고, 영어 선생님 오시면 인사 잘하고… 수업 열심히 들어…"

왜 나가는지, 어디로 가는지는 끝내 알려주지 않은 채, 나는 짐짓 단호하게 돌아섰다. 영어 선생님이 부디 교실 앞문에 흩뿌려진 나의 끈적한 미련을 밟고 미끄러지지 않길 바라며.

똑같은 수업, 똑같은 농담에 5반 아이들은 시원하게 웃음을 터뜨렸고 끝없이 질문을 이어갔다. 나는 덩달아 신이 나서 '그래, 이게 가르치는 맛이지' 하며 즐겁게 수업을 마무리했다. 그리고 쉬는 시간에 다음 보결 선생님을 기다리며 5반 교실에 좀 더 머무르는데 갑자기 복도가 시끌시끌하다.

"선생님!!!!"

세상에, 우리 반 아이들이 5반 앞 복도를 점거했다. 앞문, 뒷문을 동시다발적으로 열고 들어오려 난리가 났다.

"선생님! 왜 여기 계세요?"

"선생님! 우리 반으로 가요!"

"우리 선생님이거든?"

우리 반 아이들은 뒷문으로 머리를 불쑥불쑥 들이밀며 빽빽 소리를 질러댔고, 5반 아이들은 담임 선생님이 안 계신 교실을 사수해야 한다는 사명감 때문인지, 필사적으로 문을 닫았다. 질세라 내가 있는 앞문 쪽으로 달려온 아이들은 유리창에 애처로운 손자국을 남기며 "서언새앵니임~"을 외쳤고, 나 역시 "애들아~" 하며 애절하게 손을 내밀었다. 5반 앞문 유리는 나와 아이들의 애달픈 마음이 지문으로 남아 범벅이 되었다.

장난도 잠시.

"여기 몰려 있지 말고 교실에 가 있어. 선생님 곧 갈 거야."

나는 제법 근엄하게 아이들을 진정시킨 후, 다음 보결 선생님과 바통 터치를 하고 우리 반으로 복귀했다.

학생 두어 명의 에스코트까지 받았으니 나름 금의환향이었다. 계속되는 수업에 지쳐 온몸의 힘을 빼고 의자에 풀썩 앉아 있으니 하영이가 다가온다.

"선생님, 이제 다른 반 수업하러 가지 마세요."

세상에, 살다 살다 이런 깜찍한 단속은 처음이다. 내 존재와 말과 행동에 모조리 무관심해 보이던 아이들이 맞나 싶다. 곧이어 다른 아이가 또 다가온다.

"선넘님, 재현이가 선생님 다른 반 가신 줄 알고 엄청 찾았어요."

재현이라 하면, 쉬는 시간에 친구들과 모든 생명력을 써버린 뒤 수업 시간에는 넋이 반쯤 나가 있는 녀석 아니던가. 그래도 나름 자기 담임이라고 내가 없는 동안 날 찾았다니 기특하다. '이눔 시끼, 들으라는 영어 수업은 안 듣고' 하는데 입꼬리가 씰룩댄다.

아, 이렇게 또 20여 명의 내 새끼가 생기나 보다.

어쩌다 거기에
삶이 담겨서

나는 도통 뭔가에 중독되지 못한다. 재밌다는 게임도 튜토리얼을 넘기기 힘들고 드라마는 여간해서 1화를 넘기질 못하며 완독해 내는 책은 손에 꼽는다. 먹는 것도 예외는 아니라서, 아무리 배가 고파도 점심에 먹은 메뉴를 저녁에 다시 먹지 못한다. 자취생으로서의 기본 소양도 갖추지 못했다고 할 수 있다.

그러나 이처럼 모든 게 찰나인 내가 10년이 넘도록 꾸준히 사랑해 마지않는 게 있으니, 그건 바로 커피다.

처음 카페에 다닐 무렵, 나는 호텔 예식장에서 열 시간을 일하고 4만 원 정도의 일당을 받았다. 생활이 궁핍할수록 눈이 높아져서 나는 어딜 가나 메뉴판의 가장 위쪽만 쳐다보았다. 카페 메뉴 가장 위에 있는 '에스프레소'를 겁도 없이 주문했던 날, 그땐 그게 뭔지도 몰랐지만, 팅커벨이나 쓸 만한 컵에 딱 사약만큼 시커먼 커피가 담겨 나왔을 때 뭔가 잘못됐다는 것 하나만은 확실히 알 수 있었다.

그렇지만 나는 태연한 표정으로 그걸 입에 댈 수밖에 없었다. 그날 내 앞에는 좋아하는 남자애가 앉아 있었기 때문이다. 정말 하필이면 그날, 나는 1000원을 아끼려다 그 애한테 내가 지을 수 있는 가장 못생긴 표정을 보여줘야 했다.

아르바이트를 그만두고서는 재수를 시작했다. 아빠는 나를 매일 학원까지 데려다주셨다. 나는 언제나 차 안에서 입을 벌리고 잤다. 그렇게 30분이 지나면 시동이 꺼지고 차 문이 열렸다가 탁, 닫혔다. 내가 눈을 뜰까 말까 고민하다 그냥 모른 척 잠들어 있으면, 아빠는 잠든 내 옆에 편의점 카라멜 마끼아또 하나를 내려놓고 아무 말도 없이 다시 학원으로 향했다.

언젠가 아빠가 제일 맛있는 커피가 뭐냐고 물으셨을 때 카라멜 마끼아또라고 대답한 적이 있다. 사실 이건 아메리카노를 잘 못 드시는 아빠를 위한 나의 추천 메뉴였는데, 아빠는 그 말을 1년 내도록 손에 꼭 쥐고, 매일 아침마다 나에게 가장 시원한 카라멜 마끼아또를 사다 주셨다. 나는 기꺼이 그걸 마시면서 졸음을 쫓았다.

대학생이 된 후에는 카페에 가는 게 꽤 익숙해졌다. 이건 순전히 교수님들이 나에 대한 측은지심이 없었던 탓이다. 책 한 권을 PPT 세 장으로 요약해 오라시던 교수님과 딱 출석을 부르는 만큼 쪽지시험을 내시던 교수님, 그리고 도무지 그걸 해낼 능력이 없던 가여운 내가 만나 내 몸엔 시커먼 피가 흐르기 시작했다. 특히 기말고사 기간이 되면 나는 남은 원두를 쑤셔 넣은 신발장처럼 너덜너덜하며 커피향 가득한 인간이 되었다.

4학년 땐 안색마저 커피를 닮아갔다. 나는 불안과 졸음이 번갈아 솟구칠 때마다 몸 안으로 커피를 쑤셔 넣었고, 빨대를 잘근잘근 씹었으며, 아메리카노 한 잔을 사서 그걸 염주처럼 소중히 들고는 운동장을 돌았다.

나는 그렇게 선생이 됐다.

나는 기본적으로 아메리카노를 좋아하지만 유난히

힘든 날, 그러니까 아이들이 교과 시간을 끝내고 오자마자 "선생님! 은명이가 과학실에서어~" 하고 신나게 이르는 날, 은명이가 뒤에서 "야! 너도 떠들었잖아!" 하고 질세라 소리 지르는 날, 점심 시간에 다툼이 일어났는데 여섯 명이 얽혀 있는 날, "선생님, 우리 애가 손톱을 안 깎는데 선생님이 말 좀 해주세요. 제 말은 안 들어도 선생님 말은 듣거든요"라는 연락을 받은 날, 그 외 약 2천 가지 힘든 일이 생긴 날에는 믹스를 마셔야 한다.

이때의 포인트는 '벌컥벌컥'이다. 믹스 한 봉지만 타면 '벌컥' 정도에서 끝나버리기 때문에 꼭 두 봉지를 한번에 뜯는 사치를 부려야 한다. 그리고 뜨거운 물을 약간 부어 녹인 후, 생수를 좀 더 타서 한 잔 가득 믹스를 마셔야 한다. 차가운 생수는 '벌컥벌컥'을 위한 필수 조건이다. 사실 그래 봐야 뜨거운 물에 생수 조금이기 때문에 미지근해지는 데 그친다. 교무실 냉장고에는 통통한 얼음들이 가득하겠지만, 거기에 함부로 가선 안 된다. 얼음을 탐하다가 교감 선생님과 눈이 마주칠 수도 있기 때문이다.

그러나 비가 오는 날엔 이런 고뇌에 시달릴 필요가

없다. 비가 올 땐 따뜻한 커피도 괜찮다. 특히 비 머리가 무거워서 교실 밖 창틀을 낮게 두드릴 땐 더 그렇다. 비가 오는 날의 아이들은 개구리보다 더 시끄럽기 때문에, 아이들이 오기 전에 만반의 준비가 필요하다. 가장 부지런한 아이가 오기 전에, 그러니까 그날의 가장 고요한 순간일 바로 그 아침에 커피포트에 물을 덥혀야 한다.

창문을 다 열고 수선을 떨다 보면, 커피포트가 '툭' 소리를 내며 꺼진다. 커피가루를 털어 넣은 텀블러 안에 뜨거운 물을 가득 따르면 '비 오는 날 최후의 여유' 한 컵이 완성된다. 나는 그 컵을 채 기울이지도 못한 채 좀 경박스럽게 호로록거리며 한 모금을 겨우 마신다. 그 순간마다 나는, 따뜻한 커피는 언제쯤 교양 있게 마실 수 있을지 고민한다(아마 평생을 살아도 못할 것 같다).

커피가 식길 기다리면서 새까만 커피를 쳐다보고 있으면 팔레트가 떠오른다. 수채화를 다 그리고 마지막에 모든 물감을 풀어헤쳐 붓으로 슥슥 섞으면, 그때 그 목적 없이 섞인 물감 색이 딱 커피 같다.

사실은 분홍색이고, 파란색이고, 초록색이었던 그 모든 색들의 합.

그러니까, 말하자면 커피도 그런 거다.

그건 사실 모든 것의 합이다.

가난했던 날의 어설픔과

꾸깃하던 시절의 애틋함과

고요해서 깊이를 모를 사랑.

내내 끝없던 불안과

내가 행한 모든 최선과

최후의 여유가

모두 거기에 있다.

어쩌다 거기에 삶이 담겨서

나는 그걸 사랑할 수밖에 없다.

가장 깊고 넓고
맑고 묽은

"콩나물에 물 줘라."

엄마는 내 뒤통수에 콩나물을 부탁하고 나갔다. 나는 느지막이 깨어 냉장고에서 물을 꺼내 마시다가 그 콩나물을 보았다.

엄마는 틀렸다.

그건 아무리 후하게 쳐줘도 '콩나' 정도밖에 안 되는 모양새였다.

나는 다 마신 컵에 물을 가득 채우고 '콩나' 더미 위로 그걸 흘려보냈다.

어느 까만 밤에 합정동에서 친구를 만났다. 기특하게

도 그 어렵다는 밥벌이 문제를 해결한 후였다. 그렇게나 부럽던, 직장인의 느슨한 밤이었지만 우리는 각자 거대한 공허를 마주한 채였다. 표지판이 없는 평원이었다.

"바라던 거 이제 다 이뤘는데 왜 불안하냐고."

친구는 아무렇게나 턱을 괴었다. 소주잔이 옆으로 밀려났다. 우리는 밤새 허기를 주워 먹었다.

한글을 익힐 때부터였나, 아니 그보다 더 전에 버둥대면서 배밀이를 할 무렵부터였나. 내가 넘어야 할 산은 친절하게 솟아올라 있었다. 모든 것이 신산하면서도 기꺼운 등정이었다.

응아 마려울 땐 오리 변기에 가서 앉기, 성공.

울지 않고 유치원 가기, 겨우 성공.

구구단 7단 외우기, 힘들었지만 그래도 성공.

두발자전거 타기, 아빠의 배신으로 얼떨결에 성공.

수능, 내 앞에 몇 명, 내 뒤에 몇 명.

교대 입학, 부모님의 반대를 딛고 성공.

쫄쫄이 입고, 무용도 성공.

미술? 어림없지, C⁺.

그리고 임용고사, 엉덩이의 근력으로 합격.

그런 후에 갑자기 그 모든 산봉우리가 사라진 거다. 신기루처럼.

그날 우리는, 하루를 행복하게 살아내면 인생이 행복한 거라는 범박한 결론을 내렸다.

그러니까 이제 벚꽃 필 때 시험 걱정 없이 벚꽃이나 보고 살자. 우리는 생각 없이 살기를 배워야 할 때야.

그러나 그건 결국 또 한 움큼의 허기였다. 하루의 꽃 구경이 아무리 즐거워도 그 끝엔 뽑아 들어야 할 깃발 하나 정도는 꽂혀 있으면 좋겠다고 우리는 생각했다.

그러나 이 일엔 그게 없다. 무얼 해도 티가 나질 않는다. 어제는 잘하고 있는 것 같았는데 다음 날이면 휘청이고, 무언가 잘 풀리는 게 내 덕인지 아이들 덕인지 확신할 수 없으며, 오늘의 평화가 내일의 안녕을 보장하지 않는다는 사실은 언제나 좀 무섭다. 그러니 부질없이 공람함의 문서들을 쳐내고, 계획서를 기안하고, 강사를 뽑고, 아이들이 북적북적한 행사를 끝낸 후 폴더에 사진을 정리하는 것으로 미션 클리어를 외친다.

이제 내 하루에는 정답이 없고 채점자도 없으며 모든 것이 궁금한데 어떤 것도 알 수 없다. 하루를 꽉 채운 후에 엔터키를 쳐도 에러 메시지는 뜨지 않지만 그게 정답이라는 보장 또한 없다.

이 일은 낙착이 나질 않는다. 그게 이 일의 가장 큰 약점이라고 나는 느낀다. 그래서 나는 부질없이, 말에도 형체가 있으면 좋겠다는 생각을 한다.

'감사합니다' 하고 인사해야지, 복도에서 뛰지 말랬지, 집에 가기 전에 주변 청소해야지, 알림장은 매일 확인해야 해, 하는 말이 입 밖으로 나오는 순간마다 두꺼운 고딕체 30포인트쯤의 활자가 되어 아이들 몸속으로 날아 들어가 쌓이면 좋겠다. 발바닥부터 차근차근. 그러다가 '너, 진짜 마지막 경고야'라는 말을 할 때쯤에는 자동으로 궁서체의 50포인트 빨간 글씨로 변환되기도 하면 좋겠다. 그래서 1년이 지날 때쯤 아이를 들여다보면서, 나는 너에게 12만 자 정도의 노력을 기울였구나, 이제 아래쪽은 제법 단단하게 굳기도 했구나, 어떤 말은 너의 심장에 가 닿기도 했구나, 하며 위안 한 줄기라도 얻고 싶다.

내쉬는 한숨에 무게가 느껴지는 걸 보면 이 말들이 분명 내 안에서 빠져나가긴 했는데. 그 말들은 도대체

226

어디로 흩어진 건지 모를 일이고 아이들은 알 바 아니라는 듯 쑥 커버려 교실이 좁아질 때쯤 나를 홀쩍 떠난다.

"콩나물 키워봤어?"

그날 밤에, 초점 없는 눈으로 먹다 만 찬거리를 쳐다보다가 나는 친구에게 물었다.

"콩나물? 어렸을 때. 왜?"

"콩나물에 준 물은 어디로 갈까?"

"물? 모르지. 콩나물이 먹든가 하수구로 갔겠지. 야, 근데 콩나물 집에서 잘못 키우면 억세진대. 그냥 사 먹는 게 나아."

친구는 젓가락을 휘휘 저었다.

그 봄날에 내가 콩나물 위로 쏟아버린 물은, 정말 어디로 갔을까.

한 뼘씩이나 생명을 키워낸 그 기특한 물 한 컵의 뒷이야기를 아무도 궁금해하지 않는 게 치사해서 나는 여기, 글 한 줄로 그걸 바다로 보내줄 거다.

모든 다독임을 담아

가장 깊고 넓고 맑고 묽은 바다로.

저는 당신을
때린 적이 없습니다

　난 너무 순하단 이유로 어렸을 때부터 집안에서 '순디'로 불렸다. 규칙을 잘 지키고 얌전했으니 소위 '낭만의 시대'였던 그 당시의 학교생활도 어렵지 않게 보냈다. 그러나 보다 솔직히 말하자면, 끔찍한 기억들이 몇 있긴 하다.

　초등학교에 입학한 날, 학교에서 한 주의 시간표와 준비물을 안내하는 종이를 받았다. 첫날 준비물란에는 '실내화, 교과서, 필통, 보조가방'이 적혀 있었고, 그다음 날부터는 비어 있었다. 나와 엄마는 이제 준비물이 없나 보다며 가방만 들고 학교엘 갔다. 그리고 '써놓지 않았어도 당연히 가져와야 할' 교과서를 안 가져왔다는 이유로 칠판 앞에서 혼자 손을 들고 벌을 섰다. 고작 입학 다음 날이었다.

그건 꽤 큰 충격이었다. 나는 유치원 학예회 때에도, 피아노 연주회 때에도 사람들의 주목이 싫어서 엉엉 울곤 했다. 우리 아빠는 학예회마다 "여기 울고 있는 어린이 부모님 오셨나요?" 하는 사회자의 멘트에 불려나가 머쓱한 인터뷰를 하셨다. 그러나 이제 울어도 내 대신 주의를 끌어줄 아빠가 안 계셨으니, 나는 양손이 떨어질세라 꼿꼿하게 서 있었다. 기특하게도 눈물은 한 방울도 흘리지 않았다.

"엄마, 나 1학년 때 이런 일이 있었다." 서른을 넘기고서야 난 그날의 일을 엄마에게 말씀드렸다. 과일을 집어 먹으며 킬킬 웃는 내게 엄마는, 그 어린 게 얼마나 속이 상했겠냐며, 준비물을 못 챙겨줘서 미안하다고 하셨다. 웃자고 한 얘기에 엄마가 눈물을 글썽거리자 여덟 살에도 참았던 눈물이 왈칵 치밀었다. 말하지 말걸. 25년 전 딸에게도 미안해할 부모의 마음을, 나는 미처 몰랐다.

중학생이 되어서는 새로운 동네로 이사를 갔다. 중학

생 정도면 왠지 그래야 할 것 같아서, 대형 종합학원에 등록했다. 반 친구들의 '카더라'에 따라 제법 괜찮다고 들은 학원이었다. 그 학원에선 매일 시간표가 바뀌었는데, 3일째에 처음으로 사회 수업을 듣게 됐다. 친구가 없던 나는 뒷자리에 엉거주춤 앉았다.

그날 처음 뵌 사회 선생님은 '숙제를 안 한 학생은 자리에서 일어나라'고 했다. 어쨌든 나는 숙제를 해오지 않았으니 자리에서 일어났다. 선생님은 앞에서부터 한 명 한 명 정성스럽게 손바닥을 때렸다. 막대기를 휘두를 때마다 윙윙 소리가 났는데, 다년간의 학생 경력에 의하면 그건 보통 파워가 아니었다.

내 차례가 됐다. 나는 내가 맞아야 할 이유가 없다고 생각했다.

"선생님, 저는 오늘 처음 와서 숙제가 있는지 몰랐습니다."

나는 예의 바르게 상황을 설명했다.

"그래도 손 내밀어. 안 했잖아."

난 곧장 그게 부당하다고 생각했다. 내가 아무리 모범생이라도 알지 못하는 숙제를 해올 수는 없었다.

"전 안 맞아도 된다고 생각합니다. 숙제가 있는지도 몰라서 못 했습니다."

난 선생님을 쳐다보고 똑바로 얘기했다. 태어나서 처음 해보는 반항이었다. 모든 아이들이 날 보고 있었다. 선생님은 잠시 날 쳐다보더니 "맞기 싫으면 서 있어" 하고는 그 말에 대한 내 반박을 듣기도 전에 다른 아이를 때리러 가셨다.

나는 다리를 후들거리며 한참을 서 있었고 그날 집에 가자마자 학원을 그만두겠다고 했다. 왜 그러냐고 하시기에, 잘 못 가르친다고 간단히 대답했다. 엄마는 그럼 그러라고 하셨다. 나는 그날로 그 학원을 끊었다.

고등학교 시절은 입시와의 전쟁이었다. 그땐 야자시간에 화장실을 가다 걸리면 맞았으니, 똥오줌을 쌀 시간은 50분을 견딘 후의 10분뿐이었다. 그러나 여고생의 장은 그렇게 고분고분하게 움직이지 않는다. 나는 똥이 마려우면 그때 가야만 했다. 여고생에게는 몽둥이보다 무서운 게 변비였다.

복도에는 선생님들이 자신만의 몽둥이를 붕붕 휘두

르며 돌아다니셨으므로, 똥누기대작전은 늘 첩보작전을 방불케 했다. 나는 복도에 인기척이 느껴지지 않을 때까지 옆눈으로 노려보다가 문을 스윽 열고, 머리를 숙인 채 벽에 붙어 게걸음으로 걸었다. 몸이 둔해서 70%의 확률로 걸렸다. 선생님은 단지 똥이 마려웠을 뿐인 나를 향해 '걸배이새끼'라고 소리쳤다. 그렇다고 해서 억울하진 않았다. 그건 단지, 화장실은 쉬는 시간에만 가야 하던 학교의 규칙과 똥을 누고 싶었던 내 장의 명령이 일치하지 않아 벌어지는, 고등학생 4대 비극 중 하나일 뿐이었다. 영어 단어를 틀릴 때마다 손바닥을 맞을 때에도, 1분이 늦어 발바닥을 맞던 날에도 아프긴 했는데 억울하지는 않았다.

맞는 것보다 싫은 건 부당한 대우를 당하는 거였다. 고등학생 때 나는 1등이었는데, 2반 선생님은 날 참 싫어하셨다. 2반 아이는 늘 2등이었다. 그 선생님은 그게 내 탓이라고 생각하는 모양이었다. 그땐 전교 1등부터 30등까지의 명단이 교내 게시판에 걸렸다. 내가 재수 없게 성적을 뽐내지 않아도 대부분의 아이가 내 이름을 봤을 거였다. 그런데 그 선생님은 명단이 게시된 직후에 우리 반 수업에 들어오셔선 '모의고사 무용론'을 한참 설파하셨다. 그러곤 내가 1등인 걸 뻔히 알면서, 내 눈을 빤히 보며 "원래 모의고사 잘 치는 애들이 수능에서 미끄러져"라는 악담을 서슴지 않았다. 날 향한 말임을 모두가 알았다.

나는 그 선생님과 얘기를 해본 적조차 없었으므로 밉보일 기회도 없었다. 그럼에도 그 선생님은 내 이름만 부르지 않은 채 끊임없이 날 긁었다. 나보다 두 배쯤을 더 살고선, 고등학생을 상대로 기싸움을 벌이는 모습은 아주 졸렬했다. 그래서 얼마가 지나고 나선 그 선생님의 수업 때 이어폰을 꽂고 자습을 했다. 모양새가 건방졌을 테지만 지금의 나라면 그 이상의 반항을 했을 테니, 그건 저질 기싸움에 대응하는 우아한 침묵 시위였다.

지금까지 이야기한 모든 상황은 생생하다. 어렸을 땐 공포스러워서, 좀 크고 나선 억울해서, 그날들의 기억은 뇌 주름 어딘가에 단단히 끼어 있다. 그러나 나는 그럼에도 교사가 되는 게 꿈이었다. 누굴 때리고 무시할 권력이 탐나서가 아니라 이곳에 적지 않은, 내가 존경했던 선생님들처럼 살고 싶어서였다. 나는 살면서 어림잡아도 서른 명이 넘는 선생님들을 만났고, 그 사람들의 스펙트럼은 인간의 발바닥부터 천사의 정수리까지 다양했다. 그들의 공통점이라곤 직업밖에 없었다. 나는 그때 이미, 사람은 다 다르단 걸 알았다. 똑똑하기도 해라. 근데 그 똑똑함의 대가로 나는 지금 선생으로 산다. 헛똑똑이란 이런 거다.

내 똑똑함이 '찐'이었든, '헛'이었든, 나는 내가 단지 '교사'라는 직업을 가졌다는 이유로 수십 년 전에 각자가 얻은 한을 내 삶에 의탁하여 풀어보려는 세상의 시도가 좀 의아하다. 그 당시 시스템과 그 인간의 인격이 너무 끔찍한 콜라보를 이루었고 그 결과 내가 그걸 평생 기억한다 한들, 난 모든 교사를 싸잡아 비난할 생각을 한 적은 없다. 나는 당장 내 옆자리에 앉아 있는 선생님과도 다르기 때문이다. 그래서 '옛날에 교사가 애들을 때린 업보이니 징징거리지 말고 지금의 현실을 받아들이라'는 댓글은 볼 때마다 놀랍다. 일부라고 생각하고 싶으나 너무나도 많은 사람이 그 논리에 사로잡혀 있어서 이젠 내가 이상한 건가 싶기도 하다. 더 답답한 건, 그

논리로 인해 교육에 대한 발전적 논의는 모조리 가로막힌단 거다.

사람들은 교사에 관한 한 지독한 근시와 원시와 난시를 동시에 겪는 모양이다. 시대도 사람도 구분하지 못한다. 대부분의 사람이 '학교' 정도는 나왔을 테니 저마다 할 말이 있다는 건 이해한다. 그 기억은 수십 년 전에 머무르고 있으니 학교에 대해 아는 게 그것밖에 없다는 것도, 누구처럼 뺨을 맞거나 배를 걷어차인 적은 없으니 내가 당한 게 별게 아니었단 것도 알겠다.

그러나 판결을 내리기 전에, 피고석에 앉은 자가 누구인지 정도는 알아야 한다. 지금의 학교를 겪어보지 않고서 '견디라'는 판결을 내리는 판관 포청천들에게, 나는 피고가 잘못됐음을 항변하는 바다. 무죄를 입증받기 전에 미리 고백하자면 내 죄는 학생용 젤리를 세 개 정도 까서 먹고, 아이들에게 "이 세상에서 제일 예쁜 선생님이 누구야?"라고 윽박지른 것밖에 없다. 피구한다고 해놓고 교실에서 이론 수업한 것도 진짜 미안하게 생각하고 있다. 그러나 나는, 당신을 때린 적은 없다.

요즘 학부모들이 과거에 교사로부터 당한 게 많아서

선생한테 횡포를 부리는 것이라며 그들의 행동을 정당화하려는 시도는 가상하나, 미안하지만 나도 비슷한 시기에 비슷하게 얻어맞고 컸다. 그러니 더 이상 화석과 함께 묻혀 있을 '그 시절' 썰을 긁어모아 셀프로 면죄부를 사지 말고, 노스트라다무스가 지구 멸망을 점치던 시대에서 벗어나길 바란다.

놀랍게도 나는, 당신을 때린 적이 없기 때문이다.

오늘도 학교는
정상 영업 중

평생 작고 아담하며 귀여운 삶을 추구했으나 열일곱 나이에 170센티미터를 찍은 나에게 그런 삶은 허락되지 않았다. 10여 년 전 운 좋게 가게 된 미국 여행에서 가장 감격스러웠던 순간은 파이브가이즈 햄버거를 먹던 순간도, 유명하다는 건축물을 봤을 때도 아닌, 아울렛에서 XXS 사이즈의 원피스를 샀을 때였다.

보편적인 관점에서 결코 귀엽기 힘든 덩치와 인상이지만 그건 내 교직 생활에 내린 한 줄기 축복이다. 원시인의 멧돼지 사냥과 교직 생활의 공통점을 꼽자면, 몸집이 크고 눈빛이 매서우면 아무튼 좀 더 유리하다는 거다. 그리하여 내 학급 운영 기술이 딱히 촘촘하진 못하지만 학생들은 나에게 잘 '기어오르지' 않는다. 기어오르기에는 기골이 장대한 데다 인상도 험악한 덕이라고 생각한다.

그러나 나는 올해 교과 전담이다. 아이들은 보통 교과 전담 시간에 더 말을 듣지 않는다. 요즘 담임 선생님이 이빨 빠진 호랑이라면, 교과 전담은 지나가는 개구리랑 다를 게 없다. 학생은 겁도 없이 막말을 던지고 나는 그걸 얻어맞고 기가 막혀 기절한다.

어차피 학교에는 학생을 제재할 만한 수단이 없으므로, 평온한 교직사회의 열쇠는 결국 교사가 각자 마련해야 한다. 예수님과 부처님과 천지신명께 무탈을 빌든가, 그냥 인내하다가 생불의 경지에 이르든가, 셀프 저시정경보를 내리고 아무것도 안 보이는 척하든가, 어떤 식으로든 아이들의 연예인이 되든가 뭐 그런 식이다. 이 무정부상태에서 내가 가진 무기가 무려 장대한 기골과 사나운 눈빛이라니, 제법 괜찮은 아이템이다. 그러나 이 무기는, 알고 보니 누군가 나를 쳐다보지조차 않으면 무용한 것이었다. 도연이 얘기다.

도연이는 일단 숙제를 전혀 하지 않았고, 그래서 매

시간 나랑 씨름을 했다. 내게는 학생이 숙제를 제대로 할 때까지 닦달하는 재주가 있다. 숙제 자체가 중요해서라기보다 '하기 싫더라도 해야 하는 일은 해야만 한다'는 인생의 태도를 가르치겠다는 게 목표다. 초반 한두 달을 꿈에 나올 것처럼 지독하게 괴롭히면 대부분의 아이들은 그냥 더럽고 치사해서 숙제를 한다.

그런데 하필, 담임의 알량한 권위마저 사라진 상황에서 난적을 만난 거다. 도연이와 씨름하는 시간이 점차 늘면서, 대뇌 구석에 박혀 있는 내 '선생 짬밥' 안테나가 내게 삿대질을 했다.

'야, 잘 생각해 봐. 애한테 숙제'씩이나' 요구하는 게 가당키나 하니?'

그랬다. 가만 생각하면 진짜 그랬다. 숙제는 고사하고, 도연이는 수업 중의 내 말을 전부 무시했다. 무언가 지적할 일이 생겨 "도연아"라고 부르면 그 애는 그때부터 고개를 들지 않고 대답도 하지 않았다. 그 애는 날 쳐다보지조차 않았으므로, 내 매서운 눈빛 공격은 소용이 없었다. 그럼 나는 "도연아", "도연아, 선생님이 부르잖아", "도연아?" 하며 그 애가 입을 열 때까지 하염없이 그 애의 이름을 불렀다. '제발 그냥 대답해라, 내가 바라는 건 〈도연아-네-책 넣자-네〉가 전부거든. 10초면 끝날 일이잖아' 하고 속으로 빌면서. 그러나 그 싸움에서 나는 단 한 번도 이긴 적이 없었다.

내가 그 애 이름을 부르는 까닭은 무궁무진했다. 혼자 장난감을 꺼내어 가지고 놀았고, 만화책을 읽었으며, 무엇보다도 끊임없이 반복되는 소리를 내어서 친구들을 방해했다.

어느 날은 수업을 마치고 가만히 앉아 그 애 생각을 하다가, 아무리 생각해도 이 아이에게 진단명이 있을 거란 생각이 들었다. 만약 진짜 그렇다면 내 요구가 그 애에게 벅찰 수도 있지 않을까. 난 어떻게든 이 상황을, 그 애를 이해하고 싶어 도연이의 담임 선생님을 찾아갔다.

"선생님, 혹시… 도연이… 특수아인가요? 도연이 과제 수준을 조정해야 하나 싶어서요."

"모르겠어요. 부모님께서 검사를 안 받으세요."

여러 번 전화를 드려 검사를 권유하였으나, 그 애 부모님은 계속해서 변명하며 검사를 미루고 있다고 했다. 아이가 불쌍해졌다.

"검사하면 분명 뭔가 나오긴 할 텐데, 어쨌든 지금 진단이 나온 건 없으니 그냥 다른 애들이랑 똑같이 대하시면 돼요."

그로부터 딱 일주일 후였다.

"선생님, 도연이 다른 책 읽고 있는데요."

정의로운 누군가의 목소리가 들렸다.

그냥 내버려 두라는 말이 목 끝까지 차올랐다. 모른 척하고 싶었다. 어차피 공부를 하지 않는 건 그 애의 선택이다. 그 애가 스스로 집어던진 학습권을, 아동학대의 위험을 무릅쓰고 내가 다시 손에 쥐어주어야 하나? 그러다가 내가 이 아이의 소중한 의사결정권을 침해해 버리면? 그때 난 누가 보호해 주지?

학교는 공부하기 싫어하는 학생의 자유의지를 꺾고 억지로 공부를 시켜야 하는가, 그냥 그 애를 방임해 버려야 하는가. 뭘 해도 죄가 되는 순간이다. 답은 뭘까. 아무도 대답하지 못할 텐데 7대 난제에 왜 이 문제가 끼어 있지 않은 건지 의문이었다. 싫다는 아이에게 강제로 공부를 시키는 것이 헛된 사명감의 영역인지, 내 직업적

의무의 영역인지 나는 찰나의 순간 고민을 하다 후자로 결론을 냈다. 어쨌거나 다른 학생들이 이 상황에서 내 대처를 지켜보고 있었다. 도연이의 일탈을 그대로 두면 다른 아이들도 틈을 비집을 수 있다. 다른 학생들까지 덩달아 망가지게 둘 순 없었다.

"도연아, 책 넣자."

나는 할 수 있는 가장 부드러운 말투로 얘기했다. 도연이는 미동도 없었다.

"도연아."

다시 한번 지루한 싸움이 시작됐다. 도연이는 책을 놓지 않았다.

"도연아, 선생님이 책 잠시 보관했다가 수업 끝나고 줄게."

'압수'라는 두 글자를 교사용 파파고에 넣고 빙빙 돌리면 이렇게 늘어난다.

물론 먹힐 리가 없었다. 아이들은 이 기싸움을 하염없이 지켜보고 있었다. 이렇게나 많은 아이들 앞에서 한 아이를 찍어 지적하다니, 난 그냥 틀려먹은 선생이다. 그러나 이 순간에 한낱 선생 나부랭이인 내가 뭘 어떻게 해야 이 아이의 기분을 상하지 않게 하면서 빠르게 수업에 참여시킬 수 있단 말인가.

정말 매일이, 박살 난 퍼즐을 맞추는 기분이다. 그것도 조각이 120개 정도 분실된. 그 120개의 자리는 대충 사랑으로 퉁쳐 채우라는 게 국가의 요구였으나 난 아무리 노력해도 200명이 넘는 학생을 그들의 부모처럼 사랑할 수 없었다. 그런 걸 요구할 거면 임용고사로 교사를 뽑을 생각을 접고 부처님과 예수님을 다시 부활시키는 방법이나 연구하는 게 타당할 거다.

시간은 하염없이 흘렀고, 나는 도연이에게 여러 대안을 제시했다.

"집중이 안 되는 거면 앞 자리에 앉아서 수업 듣자."

도연이는 침묵했고, 나는 최후통첩을 했다.

"책 가지고 나올래, 아니면 선생님이 갈까?"

응답이 없었다. 나는 도연이의 자리로 가서, 책을 가지고 나왔다.

아이는 짜증을 냈고 나는 무시했다.

잠시 후.

"선생님, 도연이 다른 책 또 읽어요."

아, 상술한 과정이 똑같이 반복됐다. 나는 결국 그 애 서랍과 책상 위에 있는 책을 몽땅 가지고 왔다. 네 권이 었다. 화가 난 도연이는 곧이어 볼펜으로 타깃을 바꾸었 다. 그 애는 볼펜을 쉴 새 없이 딸깍거리며 불만을 표시 했다.

"친구들 수업 듣는 데에 방해되니까 볼펜 소리 내지 말자."

그 애는 볼펜을 더 빠르게 딸깍거리기 시작했다. '싫 다'는 대답이었다. 더 이상의 실랑이는 무의미했고, 나는 그 애를 무시하고 수업을 진행했다. 그러나 곧, 다른 학 생들이 시끄러워서 수업에 집중이 안 된다고 불만을 터 뜨리기 시작했다.

다른 아이들에게 참으라고 할 수도 없고(참아야 할 이유 도 없다), 도연이를 수업에서 배제시킬 수도 없었다. 도연 이의 인권과 나머지 학생들의 학습권은 지구의 대척점 에 있었다. 그리고 나는 딱 그 중간인, 대충 지구의 내핵 위치 정도에서 열을 뿍뿍 내고 있었다. 차라리 활활 타 서 사라지고 싶었다.

여러 번 경고를 준 상태였으니 이제 남은 방법은 그

애 손에서 볼펜을 가져오는 것뿐이었다. 책을 가져올 때와 과정은 똑같았다. 도연이의 앞자리에 앉은 아이가 지긋지긋하다는 듯 질끈 눈을 감았다. 나는 또 그 애에게 가서 손을 내밀었다. 그 애는 의자를 휙 돌렸고, 나는 그 애의 손에 있는 볼펜을 낚아채려고 했다. 그 애는 힘으로 버텼고, 나는 힘으로 그걸 빼앗았다.

'판사님, 이 모든 것이 도연이의 의사에 반하는 강제적인 행동이었음을 인정하지만, 스물다섯 명의 학습권을 지키기 위해 저는 진짜로, 정말로 어쩔 수 없었습니다.' 나는 씨알도 안 먹힐 변명을 속으로 중얼거렸다.

볼펜마저 빼앗긴 도연이는 마침내 폭발했다. 읽던 책도, 펜도 없어진 그 애는 마지막 무기를 썼다. "아~~~" 하는 소리를 내기 시작한 거다. 내가 밥을 아무리 많이 먹어도, 힘이 아무리 세도 그 애의 목소리를 빼앗을 순 없었다. 인어공주의 마녀를 캐스팅해 오고 싶었으나 간이 계약서조차 없었다. 정말, 학교에는 교육에 필요한 게 아무것도 없다.

나는, '네가 수업에 참여할 기분이 아니면 오늘은 참여하지 않아도 좋다. 그렇지만 친구들 수업을 방해할 권

리는 없으니 소리는 그만 내라'고 단호히 명령했고, 그
애는 내 말을 묵살했다.

수업은 끝을 향했다. 나는 그 애가 참여하지 않은 상
태로 수업을 강행했다. 게임을 진행하는 내내 소음이 계
속됐다.

고맙게도, 아이들도 덩달아 최선을 다해 그 소리를
무시했다. 그러나 나는 자꾸 게임 점수를 착각했고 집중
을 방해받은 아이들은 점점 예민해졌다. 나조차 집중을
할 수 없는 환경에, 결국 수업 진행이 불가능하다는 판
단을 내렸다.

나는 교탁 앞에 서서 입을 열었다.

"애들아."

아이들이 뒷말이 궁금하다는 듯 날 쳐다봤다.

"선생님이 수업을 계속하려고 정말 많이 노력해 봤
는데, 도저히 진행이 안 되네."

"맞아요, 선생님."

아이들은 불만 가득한 목소리로 동조했다.

"정말 미안한데, 오늘 하려던 게임은 다음으로 미뤄
도 될까?"

"네. 괜찮아요. 선생님."

나는 좀 비겁하게 그러나 제법 노련하게, 내가 도연이에게 과한 요구를 한 적이 없고, 다른 학생들의 학습권을 지키기 위한 최소한의 조치만 했음을 아이들에게 확인받았다. 주어를 빼고서. 어찌할 수 없었던 내 처지를 구질구질하게 설명할 때마다 아이들은 정신없이 고개를 끄덕였다.

남은 시간은 10분. 게임을 멈추는 대신 쓰기 과제를 내줬다. 학생들이 가장 좋아하는 활동을, 순식간에 가장 싫어하는 활동으로 바꾸어버린 거다. 그럼에도 모든 걸 이해한다는 듯 아이들은 아무 불평 없이 묵묵히 공책에 영어 단어를 썼다.

그동안 나는 그 애에게 다가갔다. 그 애는 그때까지도 "아~~" 하며 자신의 심폐지구력을 테스트 중이었다. 나는 자세를 낮추고, 대화를 시도했다. 네 살짜리 아기를 대하듯.

"지난 시간에 도연이가 수업에 참 열심히 참여해서 선생님이 감동받고 칭찬도 해줬는데, 기억나니?"

수업을 엉망으로 만든 아이의 입을 열기 위해 칭찬부

터 해버리다니. 그러나 이렇게 '오구오구' 정책을 펼쳤을 경우 다음에 이 행동이 더 강화될지도 모른다는 걱정 따위 쓰레기통에 처박았다. 사람은 누울 자리를 보고 다리를 뻗는다는 내 소신도 빠르게 철회했다. 더 이상 대안은 없었다. 남은 시간은 10분도 되지 않았고, 나는 어떻게든 그 시간 안에 이 애를 달래고 수업을 끝내야 했다. 그렇지 않으면 집에 가서 "영어 선생님이 나만 미워해! 하기 싫은데 억지로 시키고, 애들 앞에서 내 이름 불러서 망신 주고, 내 소지품도 강제로 빼앗아 가고, 나중엔 수업 듣지 말라고 했어!" 하고 부모님께 냅다 사실을 말해 버릴지도 모르니까.

그리하여 나는, 무엇이 그렇게 속상했는지 듣고(자기가 읽지 않은 책까지 가져간 게 화가 났단다), 공감하고, 그럼에도 무엇을 잘못했는지 조곤조곤 설명했다. 그 애는 끝까지 잘못을 인정하는 대답은 하지 않았으나, 부정 또한 하지 못했다. 그러다 종국에는 마음이 좀 누그러졌는지 "선생님, 저는요, 원래 마음먹고 하면 잘하거든요. 저는 특별한 걸 하고 싶지, 평범한 건 하기 싫어요"라고 자기 신념을 얘기했다.

"그래, 우리 도연이가 그랬구나, 많이 속상했구나. 도연이가 마음만 먹으면 잘하는 거 선생님이 알지."

혼날 만한 행동을 한 아이의 기분을 풀어주기 위해 이렇게나 굴욕적이라니, 나는 일제 강점기에 태어났다면 이완용이랑 손을 잡고 제일 먼저 나라를 팔아먹었을 인간이라는 생각을 하면서 한 시간의 수업을 통째로 망쳐버린 그 애를 어르고 달랬다.

그날, 스물다섯 명의 아이들은 결국 그 차시의 학습 목표를 달성하지 못했다. 나는 영어 말하기를 가르쳐야 할 시간에 대뜸 쓰기 과제를 내어주고, 꼴사납게 학생과 기싸움하는 모습을 보여줬으니까.

그러나 이런 일이 있은 후에 '왜 한 아이 때문에 우리 아이가 수업을 듣지 못하냐, 왜 우리 아이 학습권이 침해당해야 하냐, 교사 말을 따르지 않는 학생을 제재할 수단이 왜 없냐'는 민원을 나는 받아본 적이 없다.

언제나 그랬듯 피해를 본 자들은 말이 없고, 나는 피해를 준 자의 불만과 맞서 싸울 채비를 몇 겹씩이나 한다. 학교는 기어이 무너졌고, 그 파편에 얻어맞는 건 늘

평범한 아이들이다.

어쨌거나 학교는 '정상 영업' 중이다.

모든 날이
좋았다

학급마다 특유의 분위기가 있다. 차분한 아이들이 많은 반에서는 장난꾸러기마저 그 분위기에 입을 다물고, 냉소적인 학급에선 뭘 하려고 할 때마다 아이들의 무기력부터 깨부숴야 한다.

학급 운영의 묘미는 그 학급의 장점을 최대한 살리고 단점을 고쳐나가는 것이지만 그런 건 쉽지 않으므로 대부분 이상에 그친다.

그리고 돌이켜 생각해 봐도 그해 우리 반엔 우주의 기운이 모였던 게 분명하다. 당시에 내가 쓴 일기만 봐도 그렇다.

교가에 산 이름이 없는 것도 아닌데, 얘넨 왜 산의 정기를 안 빨아먹고 내 생기를 빨아먹지? 이럴 거면 교가에 내 이름을 넣어줘야 하는 거 아닌가?

그러나 그 애들은 내 의문을 해결해 주지 않았다. 저마다 크느라 바빴기 때문이다. 그 애들은 6학년임에도 쉬는 시간이 되면 교탁으로 몰려들어 가여운 날 쉴 새 없이 불러댔다. "선생님, 얘가 저한테 바보래요", "선생님, 어제 혜영이가~", "아 뭐래, 선생님! 연주가~", 그때마다 귀에서 슈팅스타 팝핑 캔디가 터졌다. '말 차례를 지켜요'라는 학습 목표를 달성하지 못한 아이들은 나에게 늘 열네 겹짜리 목소리를 들려주었고, 나는 습관처럼 "천천히, 천천히, 말 차례를 지켜 말해요"를 외쳤다. 그럼 또 서연이는 "선생님은 말투는 친절하신데 눈으로 욕하시는 것 같아요"라고 진실을 포착해 버려서 날 당황케 했다. 예리한 녀석, 어떻게 알았지.

그 애들은 자기들끼리 부지런히 즐거워했다. 미술 감상 수업에 "이건 누구 작품이게?" 하고 뭉크의 〈절규〉 그림을 보여주면, "몽규!"라고 외친다거나, 오답에 별 표시를 하다가 사선을 그으니 "우와! 선생님, 장마철인가 봐요! 다음엔 은하수로 그려주세요!" 하며 킬킬대는 식이었다. 정작 담임인 나는 그걸 채점하는 내내 '뭐지, 혹시 내가 안 가르쳤나?' 하며 등줄기에 땀이 났지만, 쉽게 절망하지 않는 그 애들이 나는 좋았다.

그 애들은 월요일이면 〈월요일 좋아〉라는 이상한 노래를 부르면서 등교했고, 요일에 따라 개사해 가며 그 노래를 5일 내내 불렀다. 기가 막힌다는 표정으로 "너넨 맨날 기분이 좋냐?" 하면, "네!"라고 한 스푼의 주저함도 없는 대답이 돌아왔다. 그 애들은 날 둘러싸고 하루 종일 행복해했으므로 매일 행복을 목격하는 나도 얼마간의 고양감에 휩싸이곤 했다.

난 그해의 아이들이 여전히 생생하지만 학부모님들은 아무도 기억하지 못한다. 졸업식날 감사 인사와 출결문자, 정기 상담을 제외하고는 연락을 받아본 적이 없기 때문이다. 학교 생활을 하는 건 교사와 학생이지만, 요즘엔 그 과정을 지켜보는 걸 어려워하는 학부모가 많다. 아마 그건 학교에 대한 신뢰는 물론이거니와 모종의 담력까지 갖추었을 때나 가능한가 보다. 운 좋게도 그해 부모님들은 나에게 어떤 월권도 하지 않았고 난 내가 원하는 거의 모든 교육 활동을 할 수 있었다. 그리고 그 정도의 '쿨함'을 가진 부모 밑에서 자란 아이들은, 웬만한 내 불호령에 겁을 집어먹거나 좌절하지도 않았다. 밥을 가마솥째 먹고 오는지 등교부터 하교까지 에너지가 줄지도 않았다.

난 결국, "얘들아, 너희가 선생님이랑 동시에 얘기하면 선생님 목이 너무 아파" 하고 읍소하기에 이르렀다. 그러자 이튿날, 내 목 건강 악화의 주범인 슬기는 등교하자마자 "선생님! 이거 제 용돈으로 샀어요!" 하며 씩씩하게 목캔디를 한 통 내밀었다. 난 그걸 받진 못했지만 내심 감동했다. 그런데 가만 생각하니 이걸 먹고 견디라는 의미 같아서 뒤늦게 아찔해졌다.

그 애들은 2학년의 천진함도 있었지만 6학년의 눈치까지 갖춘, 무려 8학년짜리 천사들이었다.

난 아이들에게 발표 기회를 많이 주는 편이다. 그게 몇몇 아이들에게 얼마나 고역일지는 알고 있다. 내가 가장 싫어하는 게 다른 사람 앞에서 얘기하는 것이기 때문이다. 그러나 살다 보니 다른 사람들 앞에서 말하는 능력은 꼭 필요했다. 잘하지 못해도 가장 타격이 없는 곳이 초등학교이므로, 난 일부러 각종 발표회를 열기도 하고, 수시로 교탁 앞을 비워주며, 발표가 별일이 아닐 수 있도록 애를 썼다.

어느 날엔 세계 문화를 조사한 후 교탁 앞에서 발표하고 질의응답을 하는 시간을 가졌다. 발표는 대본만 잘 준비하면 되지만, 질의응답에선 어떤 질문이 나올지 모르기에 훨씬 더 긴장되는 시간이었을 거다.

보선이는 아주 내성적인 아이었다. 그 애는 발표를 할 때마다 덜덜 떨었다. 그날도 마찬가지였다. 보선이는 자기 차례가 되자 어깨를 잔뜩 움츠리고 천천히 앞으로 나왔다. 문장과 문장 사이는 자꾸 늘어지고, 목소리는 교탁 앞을 넘지 못했다. 대본을 읽다가 몇 번씩 말을 멈추었다. 난 그 침묵의 시간을 내버려두었다. 그 시간은 보선이의 것이었다. 혹여나 인내심이 부족한 아이들이 그 상황에 불만을 표할까 봐 좀 긴장하며 보선이에게 무언의 응원을 보내던 그때.

"괜찮아! 엄마 앞이라고 생각해!"

서후가 침묵을 깼다.

"원래 다 떨려! 나도 아까 떨리더라."

휘경이도 응원을 더했다. 예상치 못한 반응이었다. 보통 아이들은 이런 순간에 침묵을 견디지 못하고 답답하다며 독촉하는 경우가 잦기 때문이다. 그해의 아이들이 그런 말을 함부로 내뱉지 않는다는 것은 알았으나, 그렇게 다정한 응원까지 해줄 거라곤 생각지 못했다. 그런 식으로 내 예상이 빗나가는 순간은 언제 겪어도 참 벅찼다. 어떤 의도도, 속셈도 없이 남을 힘껏 응원하는 것도 사실 쉬운 일이 아니기 때문이다.

보선이는 응원에 화답하듯, 조금 더 커진 목소리로 무사히 발표를 마쳤다. 곧이어 질의응답이 이어졌다. 예슬이가 질문을 던졌다. 예상 질문이 아니었는지 보선이는 곧바로 당황했다. 아이들은 세계 문화에 대한 전문가가 아니니 당연히 있을 수 있는 일이었다. 난 보선이가 그 일을 어떻게 넘길지 지켜봤다. '거기까진 조사해 오지 못했습니다'라고 담백하게 있는 그대로의 사실을 말할 수 있길 응원하며.

보선이가 우물쭈물하며 입을 열지 못하자 예슬이는 다급하게 말했다.

"괜찮아. 그냥 궁금해서 물어본 거야. 답 못해도 돼."

예슬이는 자기 질문 때문에 당황한 보선이를 다독였다. 보선이는 친구들의 배려와 응원 덕에 제 몫의 발표를 무사히 끝마쳤다. 그리고 그 애는 그날 발표한 아이들 중 가장 큰 박수를 받았다.

그해의 8할은 행복했다. 가끔 지긋지긋하고 때로 속이 터질 것 같았지만, 8할의 행복을 벅벅 문지르면 그 순간도 덮을 수 있다. 그해 졸업을 앞두고 난 매년 하는 설문조사를 했다. '1년간 우리 반에서 있었던 일 중 가장 기억에 남는 일은 무엇인가요?'라는 질문이었다. 아이들은 저마다 익명으로 대답을 써냈다.

'모든 날.'

'모든 일.'

그 애들이 그랬듯, 나도 그랬다.

한발 물러설
용기

　주말에 카페에 갔다. 친구와 담소를 나누고 있는데 어디선가 귀가 찢어질 것 같은 비명소리가 들렸다. 카페에 있던 모든 사람이 그쪽을 쳐다봤다. 어린아이가 호루라기를 분 거였다. 나는 아이 곁에 보호자가 있는 걸 확인하고 다시 고개를 돌렸다.

　몇 초도 지나지 않아 다시 "삑!!" 소리가 났다. 한 번은 몰라도 두 번 나서는 안 되는 소리였다. 이번엔 좀 짜증스러운 표정으로 뒤를 돌아봤다. 사람들의 눈초리가 느껴졌는지, 아이의 보호자가 아이를 향해 손짓했다.

　"쉿."

　아이는 아랑곳하지 않고 호루라기를 들어 올려 입에

넣었다 빼며 간헐적으로 그걸 불었다. 보호자는 두 번에 한 번꼴로 아이를 지도했다.

"쉬잇."

물론 카페에서 호루라기를 불도록 내버려 두어야만 하는 피치 못할 사정이 있었을지도 모른다. 그러나 나라면, 처음 아이가 호루라기를 분 순간에 제지하며 그걸 빼앗았을 거다. 아이 목에 호루라기를 걸어준 것을 깜빡한 나를 자책하면서.

그 애는 그걸 불고 싶었을 수 있다. 애들은 원래 그러니까. 그러나 그곳은 호루라기를 불 만한 장소가 아니었다. 그 부모는 왜 아이의 호루라기를 빼앗지 않았을까. 공공장소에서의 규칙을 지키는 것보다 제 아이의 자유의지를 꺾지 않는 게 더 중요해서였을까.

비슷한 사례는 사오정 입속의 나방처럼 쏟아져 나온다. 젊은이더러 제발 철 좀 들라느니, 요즘 애들은 답이 없다느니 하는, 전근대부터 전해져 오는 유구한 어린이의 특성을 문제 삼으려는 게 아니다. 그러나 자녀의 내적 평화가 너무나도 중요한 나머지 그 모든 미숙한 행동들을 결코 바로잡을 생각이 없는 부모는 확실히 자기 자신을 되돌아봐야 한다. 아이를 정상적인 사회인으로 키워 내야 하는 부모로서의 책임을 방기할 뿐만 아니라 그걸 돕는 교사의 역할까지 방해하는 경우가 많기 때문이다.

최근에 기똥찬 말을 들었다. '가정교육을 제대로 하지 않으면 내 자녀는 사회에서 상처받으며 독학한다'는 거였다. 맞는 말이다. 부모가 아무리 아이를 귀하게 키우려 안간힘을 써도, 아이는 종국에 이 거친 세상을 사는 법을 배우고야 만다. 그걸 가정과 학교에서 배우느냐, 혹은 사회에서 상처받으며 독학하느냐의 차이일 뿐. 아이 마음에 굳은살이 생기게 하지 않겠다는 부모의 욕심은 한동안 아이의 고양감을 드높일 테지만, 그 애는 '사는 게 맘대로 되지 않는다'는 걸 깨닫는 순간 부모가 꾸며준 세상과 진짜 세상 사이의 낙차를 겪어내야 한다.

어쩌면 포모증후군(Fear Of Missing Out의 앞글자로 대세에 서 소외되거나 남들보다 뒤처지는 것에 대해 불안감을 느끼는 현상) 이 가장 만연한 영역은 육아가 아닐까 생각한다. 아이를 낳는 순간 꼭 해야만 하고, 잘해내고 싶고, 겪어본 적 없는 사랑이 온몸과 마음을 지배하는 분야. 경험이 많지 않은 만큼 잘하고 있는지 끊임없이 비교하고 확인하며 정성을 쏟는 분야.

애지중지 키운 아이는 부모의 우주가 된다. 부모는 본인이 겪어온 투박한 세상과 그 속에서 상처받은 기억들을 떠올리며, 자기 자녀에게만은 그런 기억을 물려주지 않겠다고 다짐한다. 고로 아이는 사랑으로 점철된 무균실에서 배양된다. 세상이 '무조건적인 사랑'이라는 장갑을 끼지 않고 그 아이를 대하는 순간 부모는 심장이 내려앉는 공포를 느낀다. 네가 뭔데 감히 내 아이에게 상처를 주냐는 게 그들이 화나는 주된 이유다.

그리고 이런 기조는 출산율이 바닥으로 처박은 국가의 정책과 아주 잘 맞아 들어간다. 어린이 한 명 한 명이 너무 귀한 나머지 어린이들의 인권은 눈을 감았다 뜰 때마다 신장된다.

그에 따라 학교도 점점 더 따뜻해지고 있다. 학생을 대하는 교사의 말도, 행동도 그렇다. 딱 그만큼 학부모의 속은 쉽게 상한다. 난 그게 사회가 그들에게 필요 이상으로 따뜻한 탓이라고 생각한다. 사람이 건강하게 자라는 적정 온도를 용납하지 못하니 아이들의 정신력에 더하여 부모의 속까지 자꾸만 짓무르는 거다.

　그러니 그들은 교사가 자녀를 볼 때 웃지 않아서 속이 상한다. 학부모에게 보내는 교사의 문자에 이모티콘이 들어 있지 않아 속이 상하고, 알림장에 빨간색 볼펜으로 글씨를 써서 속이 상한다. 시험지의 문제를 하나하나 동그라미 치지 않고 한 페이지에 한 개의 큰 동그라미만 그려서 속이 상하고, 자녀가 마피아 게임에서 마피아를 하지 못해서 속이 상한다. 학교에서 똥을 싸고 온 자녀 똥꼬에 똥이 묻어 있어서 가슴이 찢어지고, 아이에게 물을 친절히 나눠주지 않고 각자 가져가라고 말해서 억장이 무너진다.

　학교는 자꾸 속이 썩어가는 학부모의 전화를 받느라 바쁘다. 그들의 속이 상하는 이유는 너무나도 창의적이라 예방책이 없기 때문이다.

　담임 마스크가 검은색이라 위압감이 든다, 5학년인 우리 아이가 물을 잘 챙겨 마시는지 봐달라, 아이가 집에서 속상한 일이 있었으니 마음을 어루만져 달라, 아이가 아침에 일어나기 힘들어하는데 학교에 가기 싫은 건지 이야기 좀 나눠달라, 내가 학부모 상담에 가지 못해서 아이가 속상해하니 선생님이 달래달라, 왜 우리 애한테 인사하라고 가스라이팅하냐, 아이가 체육 시간에 힘든 활동을 못할 텐데 체육 선생님께 직접 말씀드리기 부끄러워하니 담임 선생님이 말씀해 달라, 애가 주머니에 손 넣고 말한다고 해서 '빼고 말하라'고 하는 건 너무 강압적이다, 아이 방과 후 수업 시키고 싶으니 우리 애 좀 설득해 달라, 우리 애가 학교 외부에서 상을 받았는데 자부심 느낄 수 있도록 교실에서 시상해라, 선생님이 다른 친구를 공개적으로 칭찬해서 우리 아이가 의기소침해하고 불편해한다, 우리 애는 연필 잡는 습관이 있는데 왜 바른 자세를 강요하냐, 영어 단어 외우라고 해서 애가 스트레스 받는다, 우유가 차갑다, 우리 애가 왜 앞자리에 앉아 있냐, 우리 아이 반 친구들이 궁금하니 학생들 사진 찍어 올려라, 우리 애 셔츠 단추 떨어졌던데 알고 계셨냐, 담임 휴대폰 번호가 뭐 얼마나 대단한 개인 정보라고 그걸 안 알려주냐.

　뭐 이런 식이다.

교사들은 이 도시 괴담 같은 민원들에 어떤 대답을 해야 할지 머리를 싸매고 고민한다. 자녀가 뭔가를 잘 못하는 건 잘 가르치지 못한 교사 탓인데, 뭔가를 가르치려고 하면 '왜 애가 싫다는데 억지로 가르치냐'는 민원이 동시에 날아든다. 학교더러 모든 걸 해내라고 요구하지만 학교를 한 치도 믿지 않는다. 그럴 때마다 나는 발가락 물집이 된 기분이다. 그냥 뭘 하든 못마땅하고 거슬리는 존재인 거다.

교사에게 모든 걸 '해달라'고 요구하지 말고, 아이가 할 수 있도록 교육하길 바란다. 직접 교육하기 힘들면 교사에게 가르칠 권한이라도 허락하길 빈다. 목이 마른데 물이 없으면 선생님께 얘기하라고 가르치고, 체육 수업 때 하는 활동이 너무너무 힘들면 선생님께 직접 말씀드릴 수 있도록 가르쳐야 한다. 힘든 일을 대신해 주는 게 사랑이 아니다. 언제까지 대신해 줄 건가. 스무 살? 쉰 살? 부모에게는 두 가지 선택지가 있다. 평생 대신해 주거나 적당한 시기에 가르치거나. 만약 후자를 선택할 거라면 지금이 적기다. 심지어 어린이들은 말도, 자전거도, 삶의 태도도 훨씬 빨리, 잘 배운다. 아이를 과소평가 하지 마라. 당신의 자녀는 당신이 생각하는 것보다 유능 하다.

더불어 부모가 직접 아이와 얘기해야 하는 것들이 있 다. 아이가 너무 귀해서 나라에서 대신 키워주겠다는 게 최근 정책의 흐름이지만, 그렇다고 해서 부모의 역할이 사라지는 건 아니다.

요즘 왜 이렇게 일어나기 힘들어하니, 혹시 무슨 일 이 있니, 엄마가 학부모 상담에 못 가서 속이 상하구나, 방과 후 수업 수강했으면 좋겠는데 네 생각은 어떠니, 우리 딸 상 받은 거 축하해! 오늘 가족끼리 외식할까. 이 런 식의 칭찬과 공감과 마음 읽어주기는 가정에서도 할 수 있다. 아니, 가정에서 벌어진 일에 대한 소통은 가정 에서 해야만 한다. 도대체 왜 자녀와 소통할 소중한 기 회를 교사에게 양보하는가.

그리고 원래 배우는 과정은 힘들고 귀찮고 짜증 난 다. 본능을 거슬러야 하기 때문이다. 연필 잡는 습관을 고치는 것도, 영어 단어를 외우는 것도, 친구가 칭찬받는 걸 지켜보며 솟구치는 질투심을 달래는 것도, 사람을 보면 인사를 하는 것도, 어른 앞에서 굳이 주머니에서 손을 빼고 말하는 것도 그렇다. 그러나 그 과정에서 수반되는 감정이 때로 불쾌할지라도, 야생 늑대인간으로 클 게 아니라면 참고 배워야 한다. 고난을 극복할 힘은 고난을 극복해 봐야 길러진다. 아이가 마냥 기분 좋게 살게 하는 게 교육의 목표가 아니다.

아이들은 타인과 섞여 살 수밖에 없다. 모든 아이는 자기 삶의 주인공이지만 세상의 주인공은 아니다. 고로 앞자리에 앉을 수도 있고 뒷자리에 앉을 수도 있다. 내 아이의 초상권만큼 다른 아이들의 초상권도 중요하다. 담임 휴대폰 번호는 개인정보다. 왜 알려주지 않냐고 화낼 일이 아니다. 교사는 필요할 때마다 찾는 24시간 대기조가 아니라 교육자일 뿐이다. 세상을 아이에 맞추라고 소리치기 전에 아이가 세상에 맞춰 살 수 있게 해야한다. 그러지 않으면 아이는 사는 내내 부대낄 거다.

마지막으로, 별거 아닌 일은 별거 아닌 일로 넘어가

자. 담임 마스크가 검은색이라도, 알림장 글씨가 빨간색이라도 아이들의 인생에 큰 트라우마를 남기지 않는다. 시험지에 큰 동그라미가 한 개이든, 작은 동그라미가 다섯 개이든 그 문제를 맞았다는 사실은 변하지 않는다. 이번 마피아 게임에서 마피아를 못 했으면 다음에 하면 된다. 똥꼬에 똥이 묻었으면 똥 닦는 법을 다시 가르치고 속옷을 빨면 된다. 별일 아니다.

학교에서 뭘 가르칠 수가 없다는, 아니 그전에 한 인간으로서 버틸 수조차 없다는 사실이 세상에 알려진 후로도 바뀐 게 없다. 이 글에 적힌 모든 민원은, 놀랍게도 교사의 인권이 화두가 된 2023년 여름 이후에 제기된 것이다. 여전하다. 교사들은 여전히 최전선에서 말도 안 되는 불만들에 맞서고 있다. 교사들이 정신과 정보를 공유하고 '아무것도 하지 않기'를 생존 전략으로 삼는 이 순간까지도, 어떻게든 아이에게 상처를 주지 말라는 사회의 목소리만 높아지고 있다. 배우는 과정은 힘들 수밖에 없다는 사실을 악착같이 외면한다.

이쯤 되면 인생이 희로애락으로 이루어져 있단 사실

자체를 부정하는 것 같다. 아이들을 아무것도 못하는 바보 취급하는 건 누구인가. 배우지 못하게 방해하는 건 도대체 누구인가.

나는 학생을 학대할 생각이 없다. 가르치고 싶을 뿐이다. '세금을 받으면서 왜 일을 하지 않냐'는 말은 이럴 때 해야 한다. 적어도 학교에서만큼은 가르칠 수 있도록, 그래서 아이들이 사회에서 상처받으며 독학하지 않도록 시스템을 만들어야 한다. 또한 부모는 아이의 사회생활과 배움을 방해하지 말고 한 걸음 물러서야 한다. 그거야말로 부모가 자녀에게 줄 수 있는 사랑이자 행해야 할 책임이다.

학교에 민원 전화를
하기 전에 생각해 볼 것

교권 추락 문제가 연이어 불거지며 여론의 몽둥이는 '진상 학부모'를 향했다. 교사의 온라인 단두대이던 맘카페에서마저도 문제의 학부모들을 지탄하는 댓글이 호응을 얻는 모양이다. 그런데 희한하게 '저도 그랬으니 반성해야겠다'는 말은 보기 힘들다. 모두가 허공에 있는 익명의 진상 학부모에게 화나 있었고, 교사를 힘들게 했던 사람들은 모두 사라져 있었다.

그러다 흥미로운 글을 봤다. 교사에게 시시콜콜하게 무리한 민원을 넣는 학부모들을 꾸짖는 어떤 학부모의 글이었다. 그런데 한참을 읽어 내려간 그 글의 마무리는 이랬다.

'저는 이제껏 학교에 딱 한 번밖에 전화한 적 없습니다. 문제 학생과 반 편성 떨어뜨려 달라고요.'

교사 입장에서 보자면 반 편성을 본인 입맛대로 해달라는 것이야말로 무리하고 무례한 민원이다. 담임이 악의를 품고 누구와 누구를 같은 반으로 밀어 넣지 않는 것처럼, 담임은 선의를 가지고 누구와 누구를 떨어뜨려놓을 수도 없다. 반 편성에는 원칙이 있고 그것만 고려하기에도 버겁고 벅차다. 게다가 그 말은, 자기 아이를 문제 아동과 떨어뜨리기 위해 다른 아이를 그 자리에 집어넣으란 말과 같았다(학교폭력의 경우 규정에 따라 학부모가 얘기하지 않아도 당연히 고려된다).

그러나 여기서 내가 주목한 건 민원의 내용이 아닌 글쓴이의 태도였다. 글쓴이는 이 사례를, '이 정도 사유는 되어야 한번쯤 연락하는 거지, 요즘 부모들은 너무하다'며 본인과 몬스터 페어런츠 사이에 선을 긋는 근거로 사용하고 있었다.

아! 난 드디어 인터넷에선 모두가 제법 괜찮은 학부

모인 이유를 깨달았다.

어떤 사람들은, 진짜 모르고 있는 거였다. 순수하게 자기 아이의 행복과 감정을 위한 것이고 교사를 괴롭히려는 목적이 아니니 '죄송하지만', '안녕하세요', '감사합니다'를 붙여 업무 시간 내에 연락하면 괜찮은 줄 알았나 보다. 교사와 학부모가 가진 인식 사이의 거리는 이렇게나 아득하다.

근데 만약 진짜 몰라서 그런 거라면, 알려주면 되는 게 아닐까. 나는 오히려 희망을 발견했다. 따라서 이 글에서는 누가 봐도 문제가 되는 민원을 제외하고, 예의 바른 말투에 가려진, 너무 일상적인데 제법 이상한 민원을 예시로 하여 정말 모르고 있을 법한 '괜찮은 민원의 기준'을 제안하고자 한다.

물론 여기 적힌 기준이 정답은 아니다. 개인과 주변의 사례, 반응을 종합해 쓴 글로, 지극히 개인적인 기준임을 밝힌다.

예의를 갖춰 말한다고 올바른 민원이 아니다.

민원 적합 여부 판단 기준

1. 아이가 스스로 할 수 있는 말인가?

　　Yes! → 아이가 말하게 도와주세요.

부적절한 민원 예시

- 우리 민주가 어제 외갓집에 다녀오느라 숙제를 못 했어요.

- 가정통신문 잃어버렸으니 다시 주세요.

- 선생님, 우리 연희 말이, 사실 그게 아니라고 하네요.

- 자리 바꿔주세요.

- 뒷자리에 앉아서 안 보인대요.

- 애가 다쳐왔는데 이것도 모르고 뭐 하셨어요?

- 준비물이 너무 많아 가방이 무거워서 힘들었대요.

- 졸업사진이 마음에 안 들어서 다시 찍고 싶대요.

　　아이는 친구들과 교사를 상대로 사회생활 하는 법을 배우고 있다. 하고 싶은 말을 못 해서 불이익을 당하는 것조차 경험해야 할 영역이다. 말 못 할 거면 입 다물고 불이익을 감수하란 게 아니라, 직접 말할 수 있도록 가르치라는 의미다. 아직 그런 걸 모르고 못하기 때문에, 그걸 배우려고 학교에 다니고 있지 않은가.

교사는 스무 명 이상의 아이들을 동시에 가르친다. 모든 아이들의 감정과 요구사항을 완벽하게 파악할 수 없다. 장담하건대 반드시 대처에 미비한 부분이 생긴다. 학교에서 차마 입을 열지 못하고 집에 간 아이들은 '학교생활 어땠냐'는 부모의 질문에 미주알고주알 있었던 일을 털어놓을 거고, 그러다 보면 '선생이 이런 것도 몰랐단(안 해줬단) 말이야?' 싶은 일들이 생긴다. 그럼 갑자기 그 상황을 혼자 버텼을 아이가 짠해지고, 우리 애한테 이 정도의 관심도 안 쏟아주는 교사가 미울 것이며, 당장 수화기를 들고 요구사항을 얘기하고 싶을지도 모른다.

그런데 아이를 위해 멈추면 좋겠다. 일단 교사는 아이가 말하지 않으면 알 수 없다. 작은 상처, 발열 여부 등은 특히 그렇다. 교사가 아이를 미워해서 모른 척한 게 아니니 "다음부터 아프면 선생님께 말씀드려"라고 알려주면 된다.

아이가 직접 하기 불편할 것 같은 말들을 대신해 주

기 시작하면 아이는 점점 더 입을 다물 거다. 왜냐고? 자기가 굳이 어려움을 감수하지 않아도 일이 쉽게 해결되니까. 따라서 불편한 상황을 피하고 싶은 아이들은 점점 더 부모에게 기대어 산다.

그러나 아이가 하고 싶은 말을 (예의를 갖춰) 직접 얘기했을 때 학교에서 벌어질 최악의 상황은 기껏해야 '수용되지 않는 것'밖에 없다. 교사는 아이를 때리지도 않을 거고 교실 밖으로 쫓아내지도 않을 거다. 자리를 바꿔달라고 하면 교사가 '안 된다'라고 말할 순 있으나 그렇다고 애를 잡아먹진 않는다는 거다. 학교는 아이가 용기를 내어보고 거절당해 보고 좌절할 수 있는 가장 안전한 장소다. 연습하기에 얼마나 좋은 환경인가.

타인으로부터 거절당하는 순간 아이들은 마음이 찢어질지도 모른다. 덩달아 부모도 마음이 찢어질 거다. 그러나 얼마가 지나면 곧 더 단단해진다. 마음의 근육은 찢어져봐야 커진다. 아이들은 그걸 배우려고 12년이나 학교엘 다닌다. 그러나 그런 걸 학습하지 못한 아이는 대학에 가도, 취직을 해도, 부당한 일에 발을 동동 구르며 엄마 아빠를 찾을 뿐, 혼자 그걸 해결해 내지 못한다.

요즘 어떤 신입 사원들은 연차를 쓰고 싶을 때 부모가 대신 전화해 준다는 말을 들었다. 우리 애는 그렇게 안 키울 거라고? 그 부모는 애가 그렇게 크길 바라고 키웠을까? 평생 요구사항을 용기 내어 말해본 적 없던 아이가 성년의 날이 지난다고 갑자기 똑 부러지게 그걸 해낼 순 없다. 그건 학습의 영역이기 때문이다.

나는 게으른 선생이고, 특히 요즘엔 부모를 설득할 동력도 상실한 상태라 부모로부터 저런 민원을 들으면 그냥 '네네~ 알겠습니다~' 하고 들어주는 편이다. 그런데 그런 경우 나와 아이의 관계는 묘하게 불편해진다. 아이가 날 불편하게 생각하기 때문이다. 특히 고학년의 경우 '내가 부모님한테 일러서 우리 부모님이 선생님한테 항의했다'라는 것을 충분히 안다. 그래서 선생님께 차마 죄송하단 말도 감사하단 말도 못하고, 서로 알고 있지만 모르는 척 그 상황을 머쓱하게 지나친다.

교사도 앞으로 그 아이의 비위를 건드리지 않기 위해 노력한다. 이 아이가 내 앞에선 괜찮다고 하지만 속으로는 무슨 생각을 하고 있을지 모르고, 이 아이의 부모는 언제 나에게 엉뚱한 불만을 쏟아낼지 모르기 때문이다. 비위를 건드리지 않는다는 건, 교육과정에서 필연적으로 수반되는 부정적 감정을 느끼지 않도록 한다는 말이다. 진짜 쉽게 말하자면 그 아이를 애서 가르치려 들지 않는다는 거다.

따라서 아이를 위해서 학교로 전화하기 전에 한 번만 생각해 보자. '이건 꼭 부모인 내가 대신 얘기해 주어야만 하는 일인가. 아니면 아이가 직접 이야기해도 되는 문제인가.' 만약 후자로 결론이 난다면 교사가 아닌 아이의 성장을 위해 아이한테 얘기하자.

"준희야, 네가 직접 말씀드려 봐. 이건 네 일이잖아. 어떻게 말씀드리면 될지 고민해 볼래?"

2. 원칙을 어기는 요구사항인가?
Yes! → 부적절한 민원입니다.

부적절한 민원 예시

- 교대 0x~1x학번이 수능 성적이 높더라고요. 내년 우리 애 담임은 이 학번 선생님들로 해주세요.

- 40분 늦었다고 진짜 지각 처리를 하면 어떡해요?

- 내년에 태주랑 같은 반 안 되게 해주세요.
- 아파서 결석하는데, 출석 인정 결석 처리하고 싶으니 교외 체험학습 신청서 내겠습니다(*체험학습 신청서는 체험학습 전에 '미리' 제출돼야 하며, 질병 결석과 출석 인정 결석은 그 사유가 다르다).
- 학급 번호가 마음에 안 드니 바꿔주세요.

출결, 반 배정, 평가에는 원칙이 있다. 온갖 민원이 횡행하다 보니 사소한 지각이나 결석 등을 두고 학부모 편의를 봐주는 교사들도 분명 있다. 그렇다 보니 원칙을 지키는 교사가 엉뚱하게 봉변을 당한다. 작년엔 해줬는데 올해엔 왜 그렇게 칼 같냐는 거다.

민원에 지쳐 원칙을 어기는 교사에게도 문제가 있고, 편의를 봐달라고 당당하게 요구하는 학부모에게도 문제가 있다. 그뿐인가. 호의로 개인의 휴대폰 번호를 알려주는 등 개인 희생에 기반한 교직 문화, 결석이면 결석이지, '출석 인정 결석'이라는 기괴한 용어를 만들어낸 현재의 출결 제도, 아직도 전산화되지 못하여 서류를 교사 재량으로 처리해야 하는 시스템 등 복잡한 원인들이 얽혀 있다.

민원을 제기하기 전에 생각하자. 관련된 원칙이 있는가? 그걸 어겨달라는 요구사항인가? 그럼 수화기를 내려놓자. 만약 시스템과 원칙 자체에 근본적인 불만이 있다면, 담임 교사가 아닌 교육부나 교육청, 국회로 연락해서 법과 시스템을 바꾸라는 민원을 제기하면 된다. 담임에겐 그런 걸 바꿀 권한이 없다.

3. 교사의 교육권을 침해하는가?

Yes! → 아이를 진짜로 학대하는 게 아니면
교사의 교육권을 존중해 주세요.

부적절한 민원 예시

- 통지표에 왜 우리 아이가 수업에 집중하지 않는다고 썼습니까?
- 채점할 때 빗금 긋지 말고 별표 해주세요.
- (정당한 평가자료가 있는데) 왜 교과 평가 결과가 '보통'입니까? 올려주세요.
- ○○ 하라는 교육 좀 하세요. / 교육 전문가 ○○의 책을 읽어보세요. / ○○ 방송 보시고 이런 교육 방법 참고해

보세요.

- 선생님이 무섭대요. / 선생님이 착하셔서 선생님 말을 안 들어요.

- 옆 반(옆 학교)은 ~한다던데 우리 반은 안 하나요?

- 숙제 안 해가도 혼내지 마세요.

- 숙제 너무 많습니다. / 숙제 좀 내주세요. / 시험 때문에 스트레스 받으니 하지 마세요. / 시험 문제가 쉽습니다. / 시험 문제가 어렵습니다. / 독서록 일주일에 두 편으로 늘리세요. / 독서록 쓴다고 애가 책을 많이 읽습니까?

요즘 생활통지표 '행동 특성' 란에 가감 없이 솔직한 말을 적는 교사는, 아니 그럴 수 있는 교사는 전국에 단 한 명도 없을 거다. 학교에선 아이의 단점은 발전 가능성과 함께 적으라고 하고, 웬만하면 장점 위주로 적길 종용한다. 비겁하지만 민원에 엮이면 피곤하므로 나도 그 보신주의적 흐름에 죄책감 없이 동참한다. 그러니 그 걸 적다 보면, '어차피 거짓말인데 이걸 왜 하고 있지?' 라는 근본적인 의문에 봉착한다. 좋은 말만 듣겠다는 민원이 쌓이고 쌓여 전국의 생활통지표는 점점 그 쓸모를 잃고 있다.

생활통지표에 아이의 단점이 적혀 있다면, 감히 말하건대 있는 그대로 받아들이기 바란다. 단점이 없는 사람은 없다. 물론 통지표를 장점만으로 꽉 채울 수도 있다. 그런데 장점만으로 꽉 채울 수도 있을 공간에 단점이 적혀 있다면, 교사는 굉장한 숙고를 거치고 민원에 대한 걱정마저 이겨내어 그걸 적은 것이다. 아이가 이 기회에 그걸 진짜 개선하기 바라기 때문이다.

교과 평가 역시 마찬가지다. 평가 결과가 '노력 요함'이라고 해서 그 애 인생에 '부족함' 딱지가 붙은 건 아니다. 요즘 교사들이 감히 학부모 심기를 거스르는 평가를 하는 건, 정말 그럴 수밖에 없기 때문이다.

또한 부모는 저마다 교육관이 다르다. 자기 맘에 쏙 드는 담임을 만나는 건 불가능에 가깝다. 나는 똑같은 숙제를 내주어도 '숙제가 많다'는 민원과 '숙제가 너무 적다'는 민원을 동시에 받는다. 그건 제안이 아닌 월권이다. 올해 A 타입의 교사를 만났다고 그 교사와 평생을 함께하지 않는다. 교사마다 장점이 있고 단점이 있다. 어떤 교육관이든 그중 필요한 것을 흡수하고, 본인 생각에 미비한 점이 있다면 가정에서 힘써주면 좋겠다. 교사는 개인 과외 선생님이 아니다.

4. 교사의 인권을 침해하는가?

Yes! → 적절한 민원이 아닙니다. 절대 하지 마세요.

부적절한 민원 예시

- 휴대폰 번호 알려주세요. 작년 선생님은 알려주셨습니다.

- (교무실로 전화해서) 3학년 5반 담임 선생님 휴대폰 번호 뭔가요?

- 프로필 사진 부적절하네요. 내려주세요.

- 선생님, 결혼하셨나요? 애 있으신가요?

- (근무 시간이 아닐 때) 답장이 왜 이렇게 늦어요? 전화를 왜 안 받아요?

- 애를 안 낳아봐서 모르시네요. / 자기 애 키우시느라 애들 신경 안 쓰시나봐요. / 애들 키운 지 오래되셔서 잘 모르시나봐요.

*기타 : 졸업앨범의 교사 사진을 돌려 보는 것, 공개수업에서 담임 사진을 찍어 SNS에 올리는 것도 교사 인권 침해 행위다.

교사에게도 인권이 있다. 교사가 아닌, 인간으로서의 권리 말이다. 어느 은행 직원이, 어느 구청 직원이, 어느 누가 퇴근 후에 연락을 받지 않았다고 욕을 먹고, SNS 프로필 사진을 검열당하나. 어느 누가 결혼과 출산 여부에 따라 전문성을 의심받으며, '궁금하다'는 이유로 인터넷에 얼굴 사진이 나돌아 다니는 걸 감수해야 하나. 교사가 개인 휴대폰 번호를 공개하는 건 순전히 교사 개인의 호의이고 선의다. 그리고 그 호의는 거대한 악습을 만들어냈다. 이제 바꿔나가야 할 때가 됐다.

자기 자녀를 가르칠 교사의 면면이 궁금하다는 건 이해하겠으나, 부모의 호기심보다 중요한 건 교사의 인권이다. 교사도 사람이라 초상권이 있고 SNS 프로필 사진을 스스로 선택할 자유가 있으며, 퇴근 후에는 직장인으로 살지 않을 권리가 있다. 24시간 대기를 명할 거면 초과 근무 수당이라도 줘야 하는 거 아닌가. 내가 그동안 대기하고 있던 시간들에 대한 최저시급만 제대로 쳐줬어도 내가 이렇게까지 가난하진 않았을 거다.

5. 모든 부모가 나와 같은 민원을 넣으면 감당이 될 것인가?

No! → 적절한 민원이 아닙니다.

부적절한 민원 예시

- 우리 애는 앞자리에 앉혀주세요.

- 우리 애는 규리랑 떨어뜨려 주세요.

- 우리 애는 매일 칭찬해 주세요.

- 우리 애는 매일 발표 세 번씩 시켜주세요.

- 우리 애는 발표하는 것 부끄러워하니 시키지 마세요.

- 우리 애 장염 걸렸으니 죽으로 먹여주세요.

- 김치 두 입씩 먹기로 저랑 약속했어요. 매일 확인 좀 해 주세요.

- 우리 아이는 상처를 잘 받고 예민합니다. 말씀하실 때 각별히 조심해 주세요.

물론 아이들의 개별적 특성을 고려하는 교육은 바람직할 수도 있다. 그러나 스무 명을 가르치는 교실에선 수용 불가능하다. 시력이 안 좋으면 아이에게 맞는 안경을 맞춰 보내주길 바란다. 교사에게는 그 아이 말고도 챙겨야 할 아이가 스무 명쯤 더 있다. 학부모님께서 전

화를 주지 않으셨다고 다른 애들을 덜 챙길 순 없지 않은가. 단체생활은 개인의 배려와 양보를 전제로 한다. 어느 누구도 모든 욕구를 충족하며 살 수 없다. 아이의 모든 요구를 다 들어주고 싶다면, 홈스쿨링을 권한다. 존중한다(아이의 건강상 특이사항 등 교사가 꼭 알아야 할 것이 있다면 학기 초 기본 조사서에 작성해서 보내면 된다).

6. 가정교육의 책임을 학교에 전가하는가?

Yes! → 부모가 할 수 있는 일을 고민해 봅시다.

부적절한 민원 예시

- 애들이 주말에 놀이터에서 싸웠대요. 선생님이 아셔야 할 거 같아 말씀드립니다. 학교에서 그런 거 교육 안 하시나요?

- 우리 애가 집에서 야동을 봅니다. 학교에서 뭘 가르치는 건가요?

- 우리 애가 식당에서 너무 버릇없이 굴어 깜짝 놀랐습니다. 그런 거 가르치는 게 선생님 일 아닌가요?

- 우리 애가 선생님 말은 잘 들으니, 머리 좀 자르라고 말해주세요. 제 말은 안 들어요.

가정에서의 교육이 법적으로 금지되어 있다면 머리
숙여 사과드리겠지만, 가정에서도 교육을 할 수 있다.
심지어 부모님은 아이를 10년쯤 키우셨지만, 교사는
1년에 200일도 채 가르치지 않는다. 아이가 교사의 말은
듣는데 부모의 말은 듣지 않는다면, 교사에게 교육을 떠
맡길 게 아니라 부모의 역할과 권위를 고민해야 한다.

7. 우리 애만 선의의 피해자인가?

Yes! → 정말 그럴까요? 사실관계부터 확인해 주세요.

부적절한 민원 예시

- 그 애도 잘못 있지 않나요?

- 다른 애들도 그랬다면서 왜 우리 애한테만 그러세요?

- 원래 안 그랬는데 주변 친구들 영향을 받아서 그래요.

- 우리 애가 얼마나 힘들었으면….

- 그럴 만하니 그랬겠죠.

– 우리 애가 잘못하긴 했는데, 우리 애 감정은 생각해 보셨어요?

사실 이런 말은 주로 아이들이 한다. 누가 욕을 했다는 말을 듣고, "지선아, 창헌이한테 욕했어?"라고 불러다 물으면, 꼭 "쟤도 했는데요"라고 한다. 내가 "창헌이도 불러다가 지도할 거야. 지금은 나랑 너랑 얘기하는 거잖아"라고 얘기하면 지선이는 꼭 씩씩거리며 다시 대꾸한다. "창헌이도 했다니까요. 왜 저한테만 그러세요?"

아, 단군왕검의 자손은 언제쯤 고조선 8조법에서 벗어날 수 있을까. 그러나 아이니까 그럴 수 있다고 생각하고 열 번 스무 번 가르친다. 그러나 학부모에게 이 얘길 들으면, 좀 아찔하다. 학부모님께서 말씀하시는 '같이 잘못한 다른 애들'에겐 따로 연락할 예정이거나 이미 연락을 드렸을 테니 우리 애만 혼난 건가 하는 염려는 하지 않으셔도 된다.

그리고 아이가 아무리 힘들고, 그럴 만해도, 다른 사람을 때리거나 욕할 권리는 없다. 적어도 학교에선 그렇게 가르친다. 심정이 뭔진 알겠으나 그걸 인정하지 못하고 기분대로 풀겠다면 그게 정글이고 아마존이지 왜 학교겠는가. A가 B에게 잘못을 하면 A만 지도하겠지만, B가 사적 복수를 하는 순간 교사는 B도 같이 지도할 수밖에 없다(물론 먼저 한 학생이 좀 더 혼난다).

또한 아이들은 묘하게 자기에게 유리한 대로 말한다. 그 애가 교활해서가 아니라 원래 아이들이 그렇다.

"저는 가만히 있었는데 호근이가 갑자기 절 때렸어요."

그러나 호근이를 불러 얘기해 보면, 주영이가 진짜 가만히 있었던 경우는 거의 없다. 호근이의 진술을 토대로 주영이에게 재차 물어보면 입장이 슬쩍 바뀌어 있다. 다시 말하지만, 주영이가 유난히 거짓말을 잘해서가 아니라 그냥 원래 애들이 그렇다. 그러니 '그 애도 잘못했는데 선생님이 나만 혼냈다'는 말을 너무 맹신하지 않으시면 좋겠다.

아이가 '난 가만히 있었는데', '갑자기', '걔도 그랬는데', '선생님이 나만' 따위의 이야기를 한다면, 그때만큼은 교사에게 연락하여 상황을 확인해 주시기 바란다.

8. 이미 해결된 일인가?

Yes! → 학교폭력이 아니라면 참아주세요.

몇 년 전에 아이들이 서로 뒤통수를 때려 지도한 일이 있다. 쌍방이었으니 서로 사과를 했고, 감정을 풀었으며(둘은 친한 사이이다) 상처가 없었으므로 가정으로 돌려보냈다. 그리고 민원 전화를 받았다.

어머니는 6학년 아들에게, 오늘은 학교에서 별일이 없었냐고 물었고 아이는 "아, 점심시간에 훈이랑 서로 뒤통수 때리다가 선생님한테 혼났어"라고 대답했단다. 어머니는 큰 충격을 받으셨다. '그런 일이 있었는데 왜 부모인 나에게 연락을 하지 않았냐'는 게 민원의 요지였다. 그러나 정작 아이는 선생님 덕에 문제가 해결됐으니 만족한다며, 앞으로도 이런 일이 있으면 엄마가 아닌 선생님한테 도움을 요청할 거라고 했단다.

나라면 아이가 교사를 신뢰하고 있으니 안도할 텐데

이 어머니는 오히려 겁이 나신 모양이다. 어머님은 "우리 애가 앞으로도 선생님한테만 얘기하고 저한텐 얘기 안 할 거라고 하더라고요. 앞으로 이런 일이 있을 때 꼭 저한테도 알려주세요"라고 하셨다.

귀하게 키운 자식이 뒤통수를 맞는 건 당연히 불쾌한 일이다. 그러나 커봐서 알겠지만 다들 그러면서 큰다. 폭력 행위를 덮으려는 담임의 검은 수작이 아니다. 아이가 부상을 당했거나, 감정이 풀리지 않았다면 우연히 발생한 사고에도 연락을 드리지만 담임 선에서 말끔히 해결된 것이라면 그냥 교육 중 일어난 하나의 에피소드 정도로 넘어간다. 이 사례에서도 뒤통수를 맞은 아이가 극도의 모멸감을 느끼거나, 부상을 당했거나, 친구 사이에 묘한 힘의 불균형이 있었다면 지체 없이 가정에도 통보했을 것이다. 그러나 학교에서 이미 해결된 일을 모조리 보고할 순 없다. 아이들은 생각보다, 정말, 진짜 많이 싸우기 때문이다. 그러고는 씩씩거리며 "내가 너 때려서 미안해, 앞으론 안 그럴게"를 주고받고서는 또 미친 듯이 붙어서 논다. 진짜 왜 저러나 싶을 정도로 즐겁게.

9. 소소한 협박인가?

Yes! → 참아주세요.

부적절한 민원 예시

- 애 아빠가 화가 많이 났어요.

- 교육청으로 전화하려다 참았습니다.

- 학교 찾아가려다 참았습니다.

- 변호사 부르겠어요.

- 교사 일 못 하게 만들겠습니다.

애 아빠가 화가 난 건 도대체 어쩌다 생겨난 말인지 모르겠으나, 요즘엔 교사들이 이 멘트를 '진상 판별기'로 쓰고 있다는 사실도 같이 퍼지면 좋겠다. 난 저 말을 한 학부모로부터 여러 번 들어본 일이 있는데, '교장한테 연락하려다 선생님한테 먼저 연락드리는 것'이라는 선심성 멘트도 세트였다. 그럼 나는 "어머님, 교장실로 연락하셔도 됩니다"라고 차분히 말씀드렸다. 정당한 절차를 밟고, 인간 대 인간으로서의 예의만 지킨다면 애 아빠든 애 조상님이든 무서울 이유가 없다.

10. 따지고 보면 별건 아니지만 묘하게 기분 나쁜 일인가?

Yes! → 적절한 민원이 아닙니다.

부적절한 민원 예시

- 근무시간인데 왜 답장이 늦어요?

- 답장에 이모티콘, 다정한 말을 담지 않아 서운합니다.

- 아파서 3일이나 결석했는데 안부 연락 한 번을 안 주시
  네요.

- 우리 애 사진이 몇 장 없네요.

- 우리 애가 사진에서 웃고 있지 않네요.

교사는 생각보다 바쁘다. 고학년이라면 오후 2시 30분에 수업이 끝난다. 점심 시간도 휴게 시간이 아니다. 아이들 밥을 먹이고, 돌아다니는 아이들의 안전을 돌보느라 오히려 더 바쁘다. 화장실도 갈 수 없다. 아이들이 하교한 후에는 개인 상담이나 회의, 다음 날 수업 준비, 행정 업무 등으로 또 바쁘다.

교사가 답장이 늦거나 문자 메시지에 이모티콘을 담지 않는 건, 부모님을 무시하거나 그 아이를 싫어해서가 아니라 그냥 바빠서다. 특히 출결 연락은 보통 아이들

등교 시간에 받게 되는데, 그땐 아이들을 맞이하고 하루 업무를 시작하느라 분주하다. 휴대폰을 붙잡고 '네, 알겠습ㄴ…'를 적고 있는 동안에도 아이들은 "안녕하세요, 선생님!" 하며 들어오고 있다. 그 순간에 교사가, 아이 눈을 맞추며 "그래, 서우 왔니!"라고 인사하는 걸 원하시는지, "어어~" 하며 휴대폰에 시선을 박고서 '아이고 우리 도준이가 아프군요. ㅠㅠ 푹 쉬고 내일 건강한 모습으로 보내주세요^^'라는, 다정하고 긴 문자를 보내는 걸 원하시는지 묻고 싶다. 교사의 본분은 학부모의 연락에 발 빠르게 응대하며 서비스 정신을 발휘하는 게 아니라, 학교에 온 아이와 한 마디라도 더 나누는 데 있다. 부디 교사의 무뚝뚝하거나 늦은 연락에 서운해하지 마시길 바란다. 담임은 애인이 아니다(참고로 담임은 자기 애인한테도 연락 못하고 있다).

그리고 교육활동 사진을 올려주는 선생님들은, 대부분 아이의 표정과 사진 수를 문제 삼는 민원을 받고 나서 그 서비스를 멈춘다.

발령 초, 나는 그 민원을 받고서도 체크리스트까지

만들어 악착같이 사진 수를 통일해 올렸다. 그러다 가만 생각하니 이게 뭐라고 이러고 있냐는 생각이 들어 멈췄다. 영지가 예쁘게 웃고 있는 사진이 세 장인데, 다른 애들은 두 장이라 영지 사진을 더 못 올리고 고민하는 내 모습이 꽤 우스웠기 때문이다. 그리고 개인 사진은 웬만해서 웃고 있는 것으로 선별할 수 있으나, 단체 사진을 찍을 땐 카메라를 쳐다보지 않는 아이들이 꼭 있다. 부모님들께서도 아이 사진을 찍어보면 알지 않는가. 사진 속 무표정이 불행한 학교 생활의 증거는 아니다.

여기까지 읽고서 '아니, 다 안 된다고 하는 거면 그냥 민원을 안 받겠단 뜻인가?'라는 생각이 들 수 있다. 그렇진 않다. 담임에게 꼭 연락해야 할 상황도 있다. 출결 및 학적 관련 사항, 학폭 접수, 아이의 건강이나 안전과 관련된 특이사항, 아이가 횡설수설해서 도저히 상황 파악이 되지 않는 경우 등이 그렇다.

그런데 사실, 절반 이상의 학부모님들은 정기 상담을 제외하곤 1년 내내 나에게 한 통의 연락도 없으시다. 이런 현실이 믿기지 않는다면, 본인이 필요 이상으로 자주 연락하는 건 아닌지 돌이켜 볼 필요가 있다.

더불어 꼭 해야 할 연락은, 교사 개인 휴대폰이 아닌 공식적인 학교의 민원 절차를 통해 접수되길 바란다. 교사의 본 업무는 학부모 응대가 아니라 학생 교육이라는 점을, 그리고 학교 생활의 주체는 학생과 교사라는 점을 다시 한번 기억해 주면 감사하겠다.

어린이라는 사회

초판 1쇄 발행 2024년 6월 12일
초판 2쇄 발행 2024년 7월 19일

지은이 이세이
펴낸이 김선준

편집이사 서선행
기획편집 임나리(lily@forestbooks.co.kr) 편집1팀 이주영
디자인 김예은
마케팅팀 권두리, 이진규, 신동빈
홍보팀 조아란, 장태수, 이은정, 권희, 유준상, 박미정, 박지훈
경영관리 송현주, 권송이

펴낸곳 ㈜콘텐츠그룹 포레스트
출판등록 2021년 4월 16일 제2021-000079호
주소 서울시 영등포구 여의대로 108 파크원타워1 28층
전화 02)332-5855 팩스 070)4170-4865
홈페이지 www.forestbooks.co.kr
종이 ㈜월드페이퍼 출력·인쇄·후가공·제본 한영문화사

ISBN 979-11-93506-61-5 (03810)